钢铁的血液或泪水

朱建信◎著

中国言实出版社

图书在版编目（CIP）数据

钢铁的血液或泪水 / 朱建信著 . -- 北京：中国言
实出版社, 2023.2

ISBN 978-7-5171-4394-9

Ⅰ . ①钢… Ⅱ . ①朱… Ⅲ . ①诗集－中国－当代
Ⅳ . ①I227

中国版本图书馆 CIP 数据核字（2023）第 035313 号

钢铁的血液或泪水

责任编辑：王蕙子
责任校对：邱 耿

出版发行：中国言实出版社
　　　　　地　　址：北京市朝阳区北苑路180号加利大厦5号楼105室
　　　　　邮　编：100101
　　　　　编辑部：北京市海淀区花园路6号院B座6层
　　　　　邮　编：100088
　　　　　电　话：010-64924853（总编室）　010-64924716（发行部）
　　　　　网　址：www.zgyscbs.cn　电子邮箱：zgyscbs@263.net

经　　销：新华书店
印　　刷：北京温林源印刷有限公司
版　　次：2023年4月第1版　2023年4月第1次印刷
规　　格：880毫米×1230毫米　1/16　6.75印张
字　　数：110千字

定　　价：48.00元
书　　号：ISBN 978-7-5171-4394-9

别开生面的军旅诗

耿建华

　　朱建信是著名军旅作家，也发表过许多有影响的军旅诗。他的诗作充满了军人的荣誉感、责任感，表现出当代军人的气度和襟怀，受到诗坛的好评和关注，曾被《诗刊》作为"每月诗星"重点推介。他近些年的诗作意象更加凝练，思考更加深邃，就像是经过了战火和铁血淬炼的刺刀，激荡着军人的热血。正如他在《军旅诗人自白书》中所言：

　　　　"我是藏身于钢铁内部的一根鱼刺，/ 活着就是为了卡住钢铁的喉咙。"

　　他还说："关闭声带，打开血管和骨头。/ 我的诗不要词语，只要火和磷，/ 以及高强度金属。"

　　诗句恰如高强度金属，坚硬锋利，让我们的灵魂战栗。他又说："在我生前或死后，化浆池 / 吞下一本印有我名字的小书，/ 造纸厂的胃 / 突然被刺出血来。"这样的诗句真如刀锋般锐利，铁血般滚烫。他的军旅诗里没有轻歌曼舞，鲜有花前月下，也很少涉及俗尘杂事，是真正的军人之诗。

朱建信的诗一般不直接描绘宏大的战争场景，也不直接状写军营的雄壮，而是把焦点集中在一把大刀、一棵树、一个水兵的身体、一个战士的出击姿势、一支枪，甚至一只甲壳虫、一座士兵的雕像等等具象上。这些和战争、军旅相关的意象，被他的诗思聚焦、放大，像电影特写镜头一样给人过目难忘的印象。

他这样写华北一个博物馆里的战刀："它的整个身体都被锈迹包裹／暗红的锈迹像带着血丝的骨头碴儿"，他甚至说"如有可能，我想把它从展柜里救出来／把它从时间的牙缝里救出来／放在自己肋骨上，蘸着泪水磨它／把那个叫喊的声音从锈层里救出来／把闪光的锋刃救出来／——像把新鲜的骨头和血／从陈年老病里救出来"（《把大刀片救出来》）。这难道只是一把战刀吗？这分明是一个英雄，分明是一个后辈军人对前辈的崇敬和对他们铁血精神的继承。他写一棵在泥石流里挺立的树，这棵树"充当家园的最后一个守护者，／不被活埋，就决不撤离"（《谁能做到这些》）。从这棵"树"上，我们仿佛看到了在泥石流里抗击灾害的军人，仿佛也能看到战场上绝不撤离的士兵。他说："就用骨头竖起一架梯子，／把阳光采摘到地上，／把地下的水举上天空。"（同上）他写一个在战场上蓄势待发的士兵，"如同出击前埋伏的豹子／弓弦上引而待发的箭／茅草伪装下等待触动的猎兽夹"（《危险姿势》）。这是一个危险的捕猎姿势，充满了警惕和力量。他写一只甲壳虫，"一辆从爆炸声中钻出的微型坦克／以及小小装甲上黏附的硝烟味／给另一个国家的黎明／带来了瞬间的恐惧"（《穿越国界的甲壳虫》）。这样的取材和角度，可谓别开生面，在以往的军旅诗阅读中鲜有所见。诗人以小见大，从微观落笔，深刻地挖掘出了军人的精神内涵，抒发了对英雄和战士的崇敬之情，同时也表达了对战争与和平的思考。

朱建信是创造意象的高手，他的诗作中的叙事是意象化叙事。

当下不少人都在推崇叙事，都在强调叙述的作用。但在现实创作中，我们看到的却是许多无意义的叙事，是絮絮叨叨的口语，甚至是口水。中华古代诗歌中的叙事是意象化的，《长恨歌》、《琵琶行》等都是如此。"行宫见月伤心色，夜雨闻铃断肠声"，诗中的叙事也是紧紧依托着意象。再如"醉不成欢惨将别，别时茫茫江浸月"，叙事和意象也是紧紧结合在一起，意象和抒情同样紧紧结合在一起。朱建信的诗中也有叙事，但他是紧紧围绕着意象叙事。在《把大刀片救出来》这首诗中，他先叙述在博物馆中看见了一把大刀，然后仔细叙述这把大刀锈蚀的样子，接下去叙说大刀的历史，然后是看到这把大刀的内心感受。叙事紧紧围绕"大刀"这一意象展开，情感也自然流淌出来。《听一个老水兵介绍身体》一诗，用老水兵的口吻叙说了他的花白头发、深深的皱纹和深陷的眼窝，刻画出一个老水兵意象。诗中的比喻，使这个老水兵饱经风霜的脸庞和坚强的身躯，雕塑般呈现在读者面前。

我始终认为意象是诗歌艺术的核心。意象要出新，要具体，要形现意隐，要有声有色，要能够调动读者的视听，要有触动读者心灵的锐度。朱建信诗中的意象很锐利，也很具体。在《听一个老水兵介绍身体》一诗中，他很具象地刻画出老水兵额上的皱纹，"最上面的一条是郑和船队劈开的波浪／风蚀的漫长海岸线居中／最下面的一条是死去的深海闪电／——他指着额前的三道皱纹说"。诗中的比喻，把历史和现实以及老水兵的经历结合起来，像油画一样鲜明而具体。从这个意义上说，诗是用语言描绘的画。诗的语言是最凝练的文学语言、艺术语言。朱建信的诗歌语言越来越凝练，具有打动人心的艺术力量。

我们不妨再看下列诗句：

"嵌着钻石的精致身体，像被粗糙的砂轮／使劲打磨过，上面落

满刺鼻的粉末 / 不再闪闪发光。一只甲壳虫 / 用了近两分钟时间,才越过了 / 一柱界碑,像一辆微型坦克 / 在黎明前进入另一个国家。"(《穿越国界的甲壳虫》)

"轰响的钢铁穿山甲贯通巨峰, / 如一把长剑洞穿宿敌前胸。/ 隧道——硕大的剑孔, / 倏忽间被夜的宽大皂襟掩起。"(《山群穿过群山》)

这就是艺术的语言,具体,形象,直接作用于读者的感官,独出心裁的比喻中饱含着情感,引发读者的情感共鸣。在《涓细流水》一诗中,诗人把一场离别刻画得惊心动魄:"我不相信世间还有比这更沉重的细流。/ 轰响坠地,如陨石之瀑,/ 使庞大的混凝土站台微微颤动。// 我不相信世间还有比这更灼热的细流。/ 熔钢般呼啸生焰,灼红站台、车厢,/ 以及一群送行者的脏腑。"诗人是比画家更高明的意象创造者,因为他用诗句塑造的形象,某种程度上突破了视觉的局限,为读者打开了广阔的想象天地。林黛玉一旦被固定在画布上或银幕上,就成了固定的"那一个",而在文字中,却可以让人去任意想象。好的诗歌给人提供的想象天地就更加广阔了,朱建信的《钢铁玫瑰》、《黑白照片》、《亲情织物》,以及《巴格达女孩》等篇什都含有这样的特征,能够触发读者的联想与沉思。他的诗作尽最大可能把情感隐入意象,注重节制和克制,总体上呈现出一种沉郁冷峻的风格,这或许也正是他刻意追求的艺术效果。

无论在题材上还是语言上,朱建信的诗都让我们看到了军旅诗创作的新突破,他的作品也为当代军旅诗苑增添了新的景致。诗人不老,艺术之树常青,希望他心中的诗花绽放得更加光彩夺目。

2023 年 3 月 17 日

(作者为山东大学教授,著名诗歌评论家)

目录

上 辑　钢铁的血液或泪水

军旅诗人自白书　　　　　　　　　　/ 002

谁能做到这些　　　　　　　　　　　/ 003

听一个老水兵介绍身体　　　　　　　/ 005

山群穿过群山　　　　　　　　　　　/ 007

无题　　　　　　　　　　　　　　　/ 009

小女兵　　　　　　　　　　　　　　/ 010

把那幅画挂起来　　　　　　　　　　/ 011

涓细流水　　　　　　　　　　　　　/ 013

去看映山红　　　　　　　　　　　　/ 015

钢铁玫瑰　　　　　　　　　　　　　/ 016

危险姿势　　　　　　　　　　　　　/ 018

黑白照片　　　　　　　　　　　　　/ 020

题叶欣雕像　　　　　　　　　　　　/ 022

一瞬间停止衰老　　　　　　　　　　/ 023

把大刀片救出来　　　　　　　　　　/ 025

绝不允许　　　　　　　　　　　　　/ 027

走失的剑　　　　　　　　　　　　　/ 029

我说不清楚什么是疆土　　　　　　　/ 031

收紧并且等待 / 032

请允许我把心留下 / 033

在黑暗中亮着 / 035

哭干眼泪的脚 / 037

拆卸一场战争 / 039

华北大平原上的碉堡 / 041

两兄弟 / 043

牛皮鞋 / 045

穿越国界的甲壳虫 / 047

停下来 / 049

自由的两栖公民 / 051

国境线 / 053

对时间的敬畏 / 055

重要的东西都在 / 056

春天的糖果 / 058

为了看清楚…… / 059

士兵雕像 / 060

兵圣站在春秋里——谒孙子铜像 / 062

中 辑　我的爱日益辽阔

星空是我破碎的心 / 066

被一支枪修改（小叙事诗） / 069

玻璃上的冰花 / 073

答应我 / 074

雪地种植 / 076

绿 烛 / 078

新增的骨头 / 079

古 炮 / 081

雪的弱点是美 / 084

熔金之焰 / 086

被大地的心抱紧 / 087

亲情织物 / 089

故乡的伤 / 091

风中的运糖车 / 093

飞翔的心 ——致北京残奥会 / 094

在命运的斜面上 / 095

害怕长大 / 097

匿名信 / 099

风也有悲伤 / 101

仰 望 / 103

感 谢 / 104

赞 美 / 105

犹豫不决 / 106

蜗牛不着急 / 107

一朵花让我为难 / 108

轩辕手植柏 / 109

壶 口 / 110

壶口以下 / 112

秦腔揪住我的耳朵不放 / 113

废弃的窑洞 / 115

那种学名叫红百合的花　　　　　　　　/ 117

狗头枣　　　　　　　　　　　　　　　/ 119

一样的婆姨　　　　　　　　　　　　　/ 120

人和羊　　　　　　　　　　　　　　　/ 122

三点红　　　　　　　　　　　　　　　/ 124

汶川大地震备忘录　　　　　　　　　　/ 126

海西：广度与深度之美　　　　　　　　/ 132

飞翔的神州 ——"神舟"抒怀　　　　　/ 138

下 辑　小长歌：光荣与疼痛

乌斯浑河　　　　　　　　　　　　　　/ 144

光荣与疼痛 ——致冯思广　　　　　　　/ 152

碑 语　　　　　　　　　　　　　　　　/ 164

魂 诉　　　　　　　　　　　　　　　　/ 168

祭父辞（小叙事诗）　　　　　　　　　/ 174

附 录

新颖的当代军旅诗篇　　　　　　　吴开晋 / 187

"七月诗星"如流火 ——读《诗刊》

　　　七月（上半月）致诗人朱建信　张 虎 / 192

独臂的拥抱　　　　　　　　　　　李松涛 / 195

解读一棵树　　　　　　　　　　　于 波 / 198

给诗以温度和硬度　　　　　　　　朱建信 / 204

在眼窝里养鱼的诗 ——读建信的几首短诗有感

　　　　　　　　　　　　　　　　袁忠岳 /207

上 辑

钢铁的血液或泪水

抵达终点的铁皮运兵车打开车门，
青春的山群从钢铁内部闪出——
迅速散开，在浩荡的曦光中
悄然坐稳各自的纬度。

军旅诗人自白书

我是阳光的一条裂缝,
和修补裂缝的一颗钉子。
我是钢铁生产的孤儿眼里的一滴泪,
和擦去孤儿眼中泪水的一块糖。
我是藏身于钢铁内部的一根鱼刺,
活着就是为了卡住钢铁的喉咙。

我在深夜写诗时关闭台灯,
打开窗户,用星月照明。
关闭声带,打开血管和骨头。
我的诗不要词语,只要火和磷,
以及高强度金属。

我写诗从不梦想让美女失眠,
更不考虑怎样才能使洛阳纸贵。
我写诗的目的是搞破坏:
往缺少泪水的眼眶里揉沙子。
我甚至在稿纸的背面,
暗藏了这样的企图:
在我生前或死后,化浆池
吞下一本印有我名字的小书,
造纸厂的胃
突然被刺出血来。

谁能做到这些

弟弟妹妹相继被歌星和黄金领走，
我多么孤独！我多么想——
和一棵树站在一起，照张相。

谁能欢迎鸟儿在自己头发里筑巢？
谁能用自己的手把花朵和暴力隔开？
谁能把随身携带的果子当成大家的，
只要肚子饿了，谁都可以拿走？
谁能在泥石流到来时
　　充当家园的最后一个守护者，
　　不被活埋，就决不撤离？
　　谁能做到这些？
——只有树。

谁敢单枪匹马和全世界的沙尘暴肉搏？
谁敢用身体描绘出台风的形状？
谁敢用头颅迎击炸雷和闪电？
谁能用自己的爱把走失的水重新召回？
谁能领着春天穿越烈焰滚滚的沙漠？
谁能保证：
　　到一个陌生的地方立足，

就用骨头竖起一架梯子，

把阳光采摘到地上，

"把地下的水举上天空"？

谁能做到这些？

——只有树。

——亲爱的树呵！

在这个甜软凄迷的偶像时代，

我只有见到你才忍不住想流泪。

现在我学着你的样子，

穿起青草一样朴素的衣裳，

听命于一只伟大的手：把我移到哪里

就攥紧哪里的泥土，

然后站到高处，

为大地投放氧气和绿荫。

听一个老水兵介绍身体

这块在风浪中漂移的岛礁上
不知栖息过多少种水鸟，白的部分
有盐，也有雪鸥遗落的羽毛
——他指着头发花白的颅顶说

最上面的一条是郑和船队劈开的波浪
风蚀的漫长海岸线居中
最下面的一条是死去的深海闪电
——他指着额前的三道皱纹说

这是大陆架，立场没有问题
能不能把大陆托举稳当
受能力的影响很大
——他指着牡蛎般粗糙的双脚说

这是甲午年的黄海胆汁
太黑，太苦，太浓
怎么也流不出来
——他指着深陷、黏稠的眼窝说

这枚老式鱼雷，它可真能忍受
这么多年了，它竟没有爆炸！
——最后，他拍了拍发福的胸腹说
语调又苦又咸

山群穿过群山

群山走动。麇集子夜的群山，
鬼魅般贴着露湿的庞大铁体走动。
铁体：暗伏活体山群的铁皮运兵车，
在子夜的群山中呼啸疾行。

群山走动。断崖、绝壁、险峰……
狰狞的魅影扑面而来，又侧身闪开。
俄顷游走，复在前方闪现。
对峙。闪躲。迎击——

轰响的钢铁穿山甲贯通巨峰，
如一把长剑洞穿宿敌前胸。
隧道——硕大的剑孔，
倏忽间被夜的宽大皂襟掩起。

黎明前，走动的群山散开，
各自选好一个新的位置站好，
和昨天一模一样，
十二级台风也无法撼动它们。

抵达终点的铁皮运兵车打开车门，
青春的山群从钢铁内部闪出——
迅速散开，在浩荡的曦光中
悄然坐稳各自的纬度。

无题

一棵大树走着走着
停住
拱成桥面

一段流水走着走着
停住
站成河岸

一片土地走着走着
停住
立成高山

一个士兵走着走着
停住
耸成界碑

小女兵

梦里长叶
醒着开花

用眼睛唱歌
用歌声擦枪

把那幅画挂起来

必须用最粗壮的图钉
才能把那幅画挂起来
那幅壮丽雄阔的水墨画
必须用最坚韧的图钉钉牢
才能永不倾斜

揳进去：把我们揳进去
像把青铜揳进青铜那样
像把岩石揳进岩石那样
像把钢铁揳进钢铁那样
把我们这些细小的钉子
揳进去！不要犹豫和怜悯
把我们的血肉、骨头和灵魂
统统揳进去！不要心慈手软
除了背叛、逃逸和对爱的遗忘
我们什么都可以承受和接纳

把我们揳进去！把我们这些
细小的钉子揳进军营
揳进那些更大的钉子
请搬起钢铁，搬起雷霆

搬起悬崖，把我们搋进
钉子般的军营，搋得越深越好
像树，把根搋得越深越粗
越能把花枝举向星辰

把我们搋进军营，把军营搋成
山冈般的青铜铆钉，和那幅画
搋在一起：搋上地球村的东墙
把那幅水墨雄鸡图挂在东方
让那位黎明之神钟声般的晨歌
在每个凌晨，把世界从梦中唤出
并且照亮

涓细流水

我不相信世间还有比这更沉重的细流。
轰响坠地，如陨石之瀑，
使庞大的混凝土站台微微颤动。

我不相信世间还有比这更灼热的细流。
熔钢般呼啸生焰，灼红站台、车厢，
以及一群送行者的脏腑。

一个梦想竣工后的告别与不舍，
仿佛就要把最痛、最热的生命浆汁
从送行者的眼眶里生生逼出！

我确信只有坚硬的钢铁河床，
方可承载、运送如此沉重灼热的细流。
钝锯似的汽笛终于拉响——

离去者脸上的两脉涓细流水，
沿两条工字型运漕轰隆隆涌向下游
一个在焦渴中龟裂了两年的村庄。

……沉重灼热的涓细流水，发端不是站台。

两脉暗河——隐形的上源

是深山中一座压缩着滚烫涛声的军营。

去看映山红

如果你不相信地心有血，血能掀开石头
不相信泥土能把血举过头顶
就去看映山红

如果你只知道庄稼和蔬菜可以播种
不知道霞光和火也可以
就去看映山红

如果有人说：人和植物也能以身相许
也能交换青春和灵魂，你对此心存疑惑
就去看映山红

如果你认定下列诗句只是空洞的抒情：
"最广大的爱，最深厚的痛，被花朵一一呈现"
就去看映山红——

慷慨绝决的红，忘我的红
锥心刺骨的红，满山奔跑的红，飞渡悬崖深涧
不跌落，也不迷路

钢铁玫瑰

从岩石里劈出芬芳清流，
暗含闪电的青春在悬崖上炸开。

女人是水做的。这话是谁说的？
如果一定要让她们和水发生关联，
她们只能是冰：水的玉骨，
在火焰中奔跑，充满攻击性。

我更倾向于把她们归入花族：
钢铁中爆开的玫瑰，在大风中呼啸，
在烈焰中激旋！危险的美，
陡峭、凌厉，让无数男人受伤。

凛冽的锋芒伏满花瓣，
如神女雪白肌肤内爆开的心。
谁敢像对待一朵园栽玫瑰那样，
随手拈来，贴近沾满油腥的嘴唇？

谁在说：世间最残酷的，
莫过于女人被卷进战争？
我分明看见战争，

一次次被她们锋利的美击中。

她们也枯萎，她们也凋谢：
一汪香艳的黎明汁液，谁敢掬饮？
只有时间。时间掬饮时，
舌根常常被尖锐的芬芳刺痛。

危险姿势

不可能在繁华都市里亮相
不可能深受迪厅和夜总会的欢迎
一个潜伏在险境中的危险姿势

在凛冽的高山雪光里闪着雪光
在巉岩峭壁间很难从石头中分离出来
在丛林腐叶中和腐叶浑成一体

退化还是还原？四肢着地
人类中最低的姿势，低于草木
甚至低于任何一种走动的中型兽类

在边关。在荒漠。在高原雪线
在大风口。在不毛之地
匍匐着，危险的一群

如同出击前埋伏的豹子
弓弦上引而待发的箭
茅草伪装下等待触动的猎兽夹

在已经逝去和尚未到来的岁月中

和青铜剑一样古老
和精确制导武器一样年轻

在世界无法控制的惯性推动下
宁静中的不安，不安中的宁静
一个有一千种理由必须存在的矛盾

匍匐：一个危险群落的危险姿势
一个打进正午阳光里的黑色楔子
一束揳进子夜黑暗里的光

黑白照片

三维的蓬勃骨肉不翼而飞，
咆哮汹涌的血去向不明。
一张泛黄的黑白照片使我顿悟：
所谓留影，就是一个人的从前
被时间死死夹住，
挤成一片单薄的影子。

窗外最后一朵榴花被热风摘走，
樱桃大的青果发育气势逼人。
夏天的深绿火焰呼啸而起，
我的春天已开始泛黄：
盐霜般洇开的黄，秋叶般渐深的黄
使我的心骤然变凉。

瘦削、单薄，我的穿军装的十八岁
被单调的两色时间：黑与白
死死夹住，再也转不过身来。
岁月下手真狠！疼痛呵，
动弹不得、呼吸困难的疼痛，
让我获得些许安慰——

黄叶、影子般单薄的黑白照片，
用手指轻弹，发出铁质的微响。
黑白两色：黑是骨中的铁，白是血里的盐，
我的被榨干水分的青春——
砍进时间肉里的黑铁白刃，
迸射着三月的翠绿反光。

题叶欣雕像 ①

玉臂舒两条春风柳枝，
纤手开两朵清水素莲。
袅袅如一柱祷香飘升之芬芳烟缕，
为他人祈福，把自己燃成灰烬。

成为一块汉白玉的灵魂，而非雕像。
莹莹楚楚，一滴饱满的泪
因被春天忍住，永不坠落。

由是我无法忘却那片揪心的白了。
由是我确信世间没有任何一种事物，
比爱和春天更加有力和不朽。

---

① 叶欣，2003 年抗非典时期的烈士。

一瞬间停止衰老

一个人决意要放弃自己
是件多么容易的事
阳光，花朵，季节和亲人
什么力量也拦不住他

青春多么有力，对世界的控制
像露珠咬紧大山的肩膀
流水咬紧河床
因为单纯而分外有力

当一个孩子就要被飞旋的车轮带走
他用放弃自己和这个世界的方式
让一座飞速奔跑的城市
骤然减速，停了下来

一条马路的拥塞、惊叫和泪水
一个孩子痛苦漫长的一生
一个少女的誓言和两位老人的绝望
都没能阻止他的双手突然摊开

他突然撒手，对自己和这个世界
更像一个预谋：换一个角度
从大地背面，更有力地抓紧了
他放弃的事物，一瞬间停止衰老

把大刀片救出来

能嚼碎铁的牙齿
只能是时间的，时间吃铁
我在华北某地方博物馆里
见到这把大刀片的时候
它已被时间吃得差不多了
刀柄尾环上的红绸布如过水糙纸
已经很难再旗帜般飘动起来

展签上的文字说
大刀片参加过长城抗战
刀锋上六个缺口中
有三个是与东洋刀对决时受的伤
另外三个浅些，是被时间啃的
除了这些明显的伤口
它的整个身体都被锈迹包裹
暗红的锈迹像带着血丝的骨头碴儿
我敢肯定，用石头敲一下
它的身体就会急剧缩小

隔着玻璃，我听见锈层里不时发出叫喊
我被那个叫喊声砍了一刀

——它还活着！

如有可能，我想把它从展柜里救出来
把它从时间的牙缝里救出来
放在自己肋骨上，蘸着泪水磨它
把那个叫喊的声音从锈层里救出来
把闪光的锋刃救出来
——像把新鲜的骨头和血
从陈年老病里救出来

绝不允许

这看似明亮洁净的生活背面
究竟埋伏着多少黑暗？
雨天，车轮溅起的泥水
把一张漂亮小脸弄得那么黑
孩子，别哭！我掏出手帕
把孩子的小脸从泥水中拂出
像从污泥里拂出一面镜子
从夜色中拂出一滴晨露
我仔细端详孩子的小脸
——这活力四射的小太阳
好看得如同我大姐家的小明子
我绝不允许黑暗把它弄脏

我周围的脸庞都那么好看
路边四楼阳台上那张皱纹簇拥的
女性脸庞，慈祥如阳光下的九月菊花
和我母亲生前那样相像
脚手架上那张泡在汗水中的年轻面孔
我疑心是父亲在世时老家来的堂兄
如果我有妹妹，她的脸盘儿
一定是葵花的翻版，一如眼前

那个朝阳般掠过大街的妩媚少女
……每一张脸庞进入我的眼睛
都如一次庄严温暖的日出

周围的脸庞，那些我熟悉的
和不熟悉的脸庞，轮廓、眉眼、酒涡
痣点和皱纹，一律赏心悦目
好看得如同我的亲戚
我没有权力让黑暗把它们弄脏
我甚至不能允许一丝阴影
把它们划伤！我要让它们
每天都像用阳光洗过

我是距离黑暗最近的人
我就是一块埋伏在黑暗内部的海绵
我要一个人把黑暗吸光
让我熟悉和不熟悉的所有脸庞
都像黎明的花
在黑暗之外开放

走失的剑

他的右臂袖管在南风里飘荡
像空荡荡的软质剑鞘
走失的剑
已深入一个陌生少女的春天

在一个温暖的春天深夜
在一条比深夜还黑的死胡同里
他用自己的右臂
从一把淫欲大发的砍刀手里
换回了一个和自己无关的少女
并保证了那个少女的完美无缺
他用被砍刀拿走的右手
抓住了人性中最美的部分
也使自己行将倾斜的世界
获得了有力的支撑

他仅存的左手仍然强健有力
却没能抓住另一个和自己有关的漂亮女人
在南风中消失的美丽背影

……从他空荡荡的软质剑鞘里
走失的剑
在此后的每一个春夜里准时飞回
插进一个完美无缺的少女心头
少女觉得，假使自己的处女贞宝
在那个深夜被砍刀劫走
留下的伤口，也未必比现在的疼痛
更深

我说不清楚什么是疆土

我说不清楚什么是疆土
如同一只鸟说不清楚什么是天空
什么是飞翔

我说不清楚什么是疆土
如同一棵树说不清楚什么是根脉
什么是生长

我说不清楚什么是疆土
如同一条河说不清楚什么是堤岸
什么是流动

疆土，有时大而抽象
仿佛一个光芒眩目的巨大概念
穷尽我的想象也找不到边界

有时小而具体：千里沃野的三穗谷
不毛之地的两粒沙
或者，我眼眶里的一滴泪

收紧并且等待

像一坛烈酒在时间里收紧
像一块钢铁在火焰里收紧
像一道闪电炸响前在铅云里收紧
我把自己渐渐收紧

在军规军纪的锻压下收紧
在冰雪与烈日的合围中收紧
在弹膛和履带的夹缝里收紧
在匍匐和夜潜的忍耐中收紧
在看得见与看不见的狮子的胁迫下
收紧体内的狮子
我用减法收紧自己
像园艺师用手里的剪刀
使一棵盆栽植物收紧

像一枚坚果收紧内心
像一朵蓓蕾收紧芬芳
我把爱收紧，只留下血和火
我把骨头收紧，只留下铁和磷
我收紧自己，等待某一重要时刻
突然释放，把芬芳和锋利
亮出来

请允许我把心留下

把我的血液给你，你可以浇花
也可以加宽一条小溪
还可以倒进池塘里养虾养鱼

把我的皮肉给你，这东西不好看
你就把它们埋进庄稼地里
让稻子谷子长成 24K 金子
要不就掺进饲料里喂鸭喂鸡

把我的骨头给你，这是干柴
你可以点燃篝火唱歌跳舞
或者拆开，夹成门前的篱笆墙
小块的，尖利的，就做成
防贼御寇的蒺藜刺

把我的灵魂给你，灵魂无形
不占位置，正好给你当个隐形卫士
不用怀疑它的忠诚
就像不用怀疑你自己的手臂

祖国呵，请允许我把心留下
那支微型火把，按说该给你拿去夜行照路
因为你在里面定居，我才想留给自己
让我怀抱着雄鸡唤出的那轮旭日
照亮并且温暖我的来世

在黑暗中亮着

好像怕我突然抽身走掉
夜色从六个方面死死箍住我的身体
我被黑暗埋得多深！……但是我亮着
我以漆黑的颜色亮着，用刀子般的
黑色光芒，为我深爱着的每一个人
每一座城市和村庄
剔除梦中的黑暗

星星遭劫，月亮失踪
蚊子们找到了最爱
它们的亲密接触疯狂而深入
但却啃不动我骨头里的磷
在黑暗的核心，我以漆黑的颜色亮着
犹如神的灯
被梦中的大地
提在手上

……旭日把我从黑暗中打捞出来
像一匹布从染缸里被提出来
或许我的体内还残留着些许黑暗
但因内心亮着而通体透明

我想告诉那些把黄金白银当成火把
举在头顶上奔跑的人们
无论财富的光芒多么耀眼
最明亮的，依旧是血和忠诚

哭干眼泪的脚

……两只脚在喊痛!
我的双脚感情多么脆弱
竟先于腿和躯干喊起痛来

仿佛陷进骨头里的锥子
它们尖利的痛苦对我的身体
构成了最有效的阻击
我被迫坐在路边脱掉鞋袜
我看见我的双脚不是在喊痛
而是在哭:布满脚掌的水泡饱满沉重
可怜的双脚忍住大滴大滴的泪水
在哭

强忍泪水会憋出病来,我的脚需要帮助
我用一根烧红的针,像一位外科大夫
给它们实施了两分钟引流手术
一对孪生兄弟泪水汹涌

我四肢齐全,内脏健康
在身体的所有器官、部位里
双脚是我最疼爱的部分

它们后来一次次踏破铁鞋
在荆丛和岩石里劈出羊肠小道
盖因多年前在长途行军中
一次哭干了一生的泪水

拆卸一场战争

他坐在连接一棵桑树
和一眼水井的一小片草地上
拆卸一支报废的老式步枪
他的眼瞳里映着草地、桑叶
和井水的反光，好像就要弹出
蝉声和鸟鸣。两步以外的桑树叶上
迸射着丝绸色泽，他的表情
比这个无风的正午还宁静

枪栓、扳机、弹夹……他的手指
像庖丁的刀子，把一些报废的
锐利器官从枪体上分离出来
从战争中分离出来，堆放在宁静的草地上
他在自己宁静的内心拆卸一场战争
他听见绕过树冠的一缕阳光
正在和井水幽会，亲密的微响
使他内心的宁静进一步加深

一粒熟透的桑椹
落在刚诞生的一小堆战争废墟上
他看了一眼，目光转投树下

陷进阳光里的桑树亭亭玉立
一支新枪斜倚树干，枪身被浓荫藏起
枪管如一支闪着紫色幽光的洞箫
含于一位身着丝绸的淑女芳唇

华北大平原上的碉堡

发现华北大平原多了一些安全感
我可以放心地乘车路过
是近年来的事情。后推三十年
我多次在铁路线上历险
葵花、玉米、高粱，再高的北方农作物
也掩不住那些蹲伏着的碉堡
它们一次次向我瞄准——
坐在南下或北上的列车上
每隔一两分钟就从农田里冒出一个
四周布满射击孔，扑面而来时
一个枪眼儿瞄准我，被车速闪过
我又进入它背面的有效射程

日本籍种子长出的坚硬庞大的毒蘑菇
暗藏着重机枪，一朵挨着一朵
压在大平原的胸口上，使整个华北
喘气不均匀。哼着京东大鼓
编织青纱帐的人们，在我的想象中
低头劳作，猛一抬头
迎面撞上一只枪眼，一身热汗变成冷汗
"哒哒哒"的声音让他们心跳过速

鼓点卡在喉咙里，上不去下不来

现在，那些碉堡是否被时间焚成骨灰
变成了庄稼的肥料？卸掉危险的大平原
一身轻松愈加广袤，我坐在列车上
可以放心地使用眼睛：青纱帐
如同展开的大海，一波接一波的绿浪
涌向地平线，燕子把葵花里的金子
小麦里的银子，一翅膀一翅膀地运上天空
视野因为它们的消失变得安全辽阔
我的心里却像堆满钢筋混凝土

从军人的角度着眼，我知道
那些懂军事的坚硬肿瘤并未消失
它们已经秘密转移进我的身体
无法切除。我必须背着它们
我必须替华北大平原、乃至整片国土
背着它们

两兄弟

只是身上的军服款式不同
只是身后的国籍有异
彼此间没有仇恨

两个人躺在一起，身体那么亲密
高个子的两只手停在矮个子的脖子上
像要替对方把鲠在喉咙的一块骨头
捋下去，只是用力大了一点
矮个子的两个指头伸进高个子眼眶
似乎想帮助对方把风吹进眼里的沙子
抠出来，不小心挤出了眼珠子
仿佛是一对分别多年的兄弟
仿佛是一次期待已久的相遇
仿佛都为误伤了对方感到愧疚
相拥的姿态看上去很难过

一分钟之前，甚至几秒钟之前
他们隔着很远的距离发现了对方
立即用子弹互相打招呼
弹夹空了，互相听不到声音
俩人便同时冲向对方，抱成一团

用肢体激烈地倾诉。累得站不住了
就倒在地上翻滚，激情耗尽了
他们最后的力气。他们需要睡眠

世界多么寂静，在梦中
两兄弟再也不想分开

牛皮鞋

牛皮鞋很沉，很笨，穿着牛皮鞋
像穿着一对牛蹄子，走路很慢
像牛拉着犁低头耕地，走得很慢
仿佛拉着垄脊慢慢地往前走
仿佛拉着禾苗和秋天慢慢地往前走

牛在雨天的泥泞中走路很慢
脚不打滑，身后留下一眼一眼的深井
牛拉着沉重的破车，在夜晚的沙石路上
颠簸起伏，蹄下不时溅起的火星儿
在夜幕上打出一个个明亮的洞穴
——牛并非天生喜欢拉破车
而是因为轻便的新车总也轮不上它
牛有那么大力气，不挑剔道路
关键是穿着四只铁鞋。牛干活儿时
头总是垂得很低，几乎贴着地面
是因为它吃过地上的草，像老百姓
面对生长五谷的土地，总也挺不起胸脯

我长年穿着国家配发的牛皮鞋走路
像踩着两头牛，步子很慢

做人民的老黄牛之类的豪言
我说不出口，我只想尽可能低着头
尽可能把身后的脚窝踩得深一些
盛放负疚的泪水：我不仅穿着牛皮鞋
还喝过牛奶，吃过牛肉

穿越国界的甲壳虫

嵌着钻石的精致身体，像被粗糙的砂轮
使劲打磨过，上面落满刺鼻的粉末
不再闪闪发光。一只甲壳虫
用了近两分钟时间，才越过了
一柱界碑，像一辆微型坦克
在黎明前进入另一个国家

穿越国界的甲壳虫，小小的身体里
藏着多种可能性：一次盲目的散步或观光
一次对爱情的千里追寻或约会
一次避难，偷渡，或迁徙……一只甲壳虫
不会把自己秘密出行的动机
告诉人类。更大的可能是
它那比身体还小许多倍的小小内心
没有国家、国界和越境等概念
地球上到处都有它的家
这个家的空气伤肺，只能喝到尸臭弥漫的水
一些兄弟姐妹死于和天气无关的炸雷
就到另一个家去躲一段日子
不存在失去祖国的问题
战争对于它和自然灾害是一样的

一只甲壳虫，承受不了最小的钢铁
负不起最小的责任

穿越国界的甲壳虫，不会知道
它已经造成了一个事实：
一辆从爆炸声中钻出的微型坦克
以及小小装甲上黏附的硝烟味
给另一个国家的黎明
带来了瞬间的恐惧

停下来

一条界河的身子在风雪中变硬
一条界河想让自己停下来
而不是死去

它仅仅是想让自己停下来
让身体里的鱼虾和水草
以及皮肤表面上动荡不安的树影
和自己一起停下来
让三个季节的喧嚣、骚动
以及奔腾的巨大惯性，停下来
冷静一会儿

让分属两个国家的人
走得更近一点，实现面对面
即使不拉手，不拥抱
至少也能感受到彼此呼吸的温度
看清楚彼此脸上笑纹的真伪和深浅
顺便让此岸那条丰腴健美的青春雌犬
到彼岸怀孕

停下来
一个简单的愿望让一条界河趋于冷静
在风雪中转过身来

自由的两栖公民

自由的空地两栖公民
没有具体国籍，辽阔的翅膀
把道路带上天空。对它们来说
国境线只有一根羽毛的宽度
浪漫美丽的情种，这个春天
在这个国家边境的树林里恋爱
选一棵好树在上面搭个幸福的草棚
生一群孩子。下一个春天
又到相邻国家的树林里追情人
给前一窝孩子，生一群弟弟妹妹

更多的时间里它们在国与国之间
穿梭往来，没完没了地串亲戚
如同国与国之间互派的友好使臣
羽裳飘飘，身体里藏着琴
拥有最完美的音乐天赋。如果五只鸟
结伴而飞，就是颤动的五线谱
地面上每一双仁慈的眼睛
每一颗渴望自由的心，都是知音
如果更多的鸟结队出游
就会有一条斑斓彩桥横在两国上空

使雨后的七彩羞于现身

我无法描摹出它们的动态美

鸽子的华姿自不待言，连因有一件祖传皂衣

被认定生来就有罪的乌鸦，飞过边境

我也觉得亲切顺眼。我无法描摹出

它们的亲和力，我只能说

因为它们，被许多界线隔开的人类

才不觉得特别孤单

不觉得相距特别遥远

国境线

我的左脚或右脚再向前跨一步
就到了另一个国家
只是我不敢。可是草敢
草和被我写过的一些鸟儿很相似
并不觉得自己有什么国籍
我脚下的草,身后的草
还有对面另一个国家的草
在南风中走过来走过去
随心所欲,开花结籽

蜜蜂也敢:绘虎纹的精美飞行器
桨式微型发动机,噪音很小
有点甜。从这边的鲜花机场起飞
到那边的鲜花机场降落
飞过来飞过去,甜蜜的王
不扔炸弹,只投放或运走花香
和蜜

这是国境线:国家的底线
更是军人的底线,我的脚不敢向前跨一步
也不敢让对面朝向我的脚

向前跨一步
但我支持、怂恿草和蜜蜂大胆越境
让绿，让花香和甜
把世界打成一片

对时间的敬畏

一套的确良旧军装被岁月挤到箱底
又被我无意中翻出来
青春抽身而去
给我留下一堆三十年前的蛇蜕
破败而庄严

我把它穿在身上，对于恍如隔世
它和我保持了同样的平静
穿衣镜假模假式装单纯，直到我脱下来
它还傻愣着，一脸空茫
好像刚刚拥抱过一个过期的人

置身于士兵和尉官中间
望着他们日出般上升的脸庞
下意识摸一下前额
隐约触到上个世纪的细小皱褶
他们给我敬礼，侧身让路
只是对时间的敬畏

重要的东西都在

这个早晨，又有一些头发借助水的力量
摆脱了我控制，在脸盆里舞蹈
如同自由的水草，如同庆祝解放
载歌载舞。我一点也不难过
擦干头发，望着它们欢乐优美的姿态
我觉得脖颈和头颅突然变得轻松
出门前照镜子，发现鬓边又新增了白发
闪动的光芒比霜粒和盐更纯正
我很高兴，又有一些黑暗和我脱离了关系

窗外的杨树比我变化更大
几天前还顶着沉重的翡翠华冠
一夜之间变得空无一叶。春夏两季
我经常看到它不堪重负的样子
不停地被风摇动，每逢雨夜
总有几根枝桠被摧折
断枝落在地上，像被砍下的胳膊
我没想到，丢失会使它变得如此强悍
我从未见过它的力量如此暴露
青筋暴突的枝柯像中年男子的手
直接伸进瓦蓝的天空，仿佛攥紧了

高远辽阔的爱情，又像轻松地
举起一片宁静蔚蓝的大海

走在撒满霜粒的路上
看见路边所有的花儿都谢了
花萼里的子实脱颖而出
它们的成熟，正在秋风里加速
我一点也不觉得悲伤，重要的东西都在
大前天儿子在手机短信里说
他读大学的那座城市遭遇暴雪
我的担忧还在。前天妻子接到被聘为
专家组组长通知时脸上的得意还在
昨天被一个战友查出癌症的消息
击中后，留在心口的痛还在
沾血带肉的亲、锥心刺骨的痛
都在，最重要的东西都在
　"失去的，都是最轻的部分"

春天的糖果

像撒在绿色玻璃纸上的一把彩色糖果
一群花花绿绿的孩子
在军营大院的草地上嬉戏
那么甜的笑声，被春风舔着

这些时代的糖果，春天的糖果
里面有一颗管我叫爸爸
他的甜，他们的甜
突然逼走了我身体里积攒多年的苦涩

为了看清楚……

为了看清楚时间
有人用指针和刻度组装出了钟表

为了看清楚重量
有人用法码和平衡研制出了秤

为了看清楚黑暗
有人用火和电开发出了灯

为了看清楚和平
鸽子执拗地盘旋在战场上空

士兵雕像

一座和一百座是一样的
这个国家的和另一个国家的是一样的
石质的和铜质的是一样的

披着硝烟的大氅，阳光睡在身上
表情一样的：凛然肃穆
我听见他们说——

我们不笑，为什么？
你懂的；我们不哭
为什么？你懂的

我们热爱兵器：最有力的一只手
热爱战场：把热血交付给它
你懂的。你不懂，我们也不在意

我们热爱死：握着枪的死
——我们的遗言
我们献给和平的礼物和祝福

和平总是从战争起步
止步于下一场战争来临？
我望着他们，他们望着世界

兵圣站在春秋里
——谒孙子铜像

兵圣站在春秋里，四周都是铜
铜是低熔点金属，战争大师会不会
被三十七度高温窒息、熔化？

我到泉城广场拜谒兵圣时正值盛夏
水声让我放弃了担心：百米之内的巨大人造喷泉
制造的瀑布如雷贯耳，几百米之外的
趵突泉和大明湖分列南北
不足一公里之外，来自天上的黄河横贯东西
善守者藏于九地之下
善攻者动于九天之上
全世界优秀军人的偶像，伟大的战争教育家
此时会不会正在柳荫下品茗
四周的铜，会不会是一座空城
一个虚设的陷阱？

竹简里能埋伏战车铁骑
十三篇汉字就能扩疆守土
让天下在大乱与大治之间来回忙碌
把那本教科书读过五遍之后

我来归门认祖，站在三步开外
想上前握一下他裹在硝烟里的手
又惶惶然退避三舍：
浑身都是兵法的祖师爷
铜袖里会不会暗藏着伏兵？

中 辑

我的爱日益辽阔

被我爱得最深的，是那些高山一样隆起
峡谷一样深陷的大地伤痕
最痛的美，最美的痛
因过于辽阔使我的幸福不堪重负
白天我必须变成阳光散入山河
夜晚无法安眠，星空是我破碎的心

星空是我破碎的心

一到四岁，我只爱山东
煎饼是我的襁褓，地瓜是我的甜点
偶尔的红枣，是我的巧克力
孔子、孟轲、兵圣，泰山和齐都
这些在时间和地理中闪闪发光的概念
那时和我的关系还相当模糊

后来我爱上了吉林，我生命中有十四年
被打进长白山岳桦的年轮
我的手足同胞至今还在那里对抗命运
父母大人在落叶松下和杨靖宇将军作邻居
伪满帝国的军刀在我心头上划出第一道伤口

再后来我又爱上了江苏
在徐州我立了第一个三等功
日本籍炮弹在我胸前炸响的时候
我正抚摸着南京中华门城墙上的弹洞
捂着胸口到秦淮河畔寻找八艳不遇
数年后我被一个祖籍铜山的少女爱上

再后来我又爱上了西藏
甘巴拉、日喀则、阿里和拉萨
遍布着我当兵的弟弟妹妹
他们的头上戴着高贵的白玉雪冠
脸上贴着紫外线打造的金饰
云水编织的洁白哈达在胸前飘拂
汽车轮子转不动他们的双腿走得动
经幡飞扬心脏变大的他们青春飞扬

再后来我又爱上了北京
我曾左手抱住圆明园的石柱
右手搂着人民英雄纪念碑
两种滋味的泪水分别从左眼和右眼涌出

再后来我又爱上了新疆
维族少女的葡萄眼与软玉脖颈
转得我丢失了方向。葡萄干的甜蜜授课
告诉我生命中有些水分必须失去
死后不倒的胡杨在我体内植入额外的骨头

再后来我又爱上内蒙古
千里草原被一袭蒙古袍展开
在马头琴的旋律上我骑虎难下
被牧歌缠住无法脱身
在一把嵌着假宝石的弯刀握柄上
我触到成吉思汗发烫的指纹

再后来我又爱上了云南、贵州
爱上两河两湖两广港澳台
我常常左脚攀登蜀道，右脚踏进龙门
左眼粘住阿里山，右眼盯死珠穆朗玛峰
两眼余光分别瞄着镜泊湖和青海湖
祖先童年的眸子给我的身体里注满清水
我常常左臂揽住格桑的腰肢
右手给阿娜尔罕写信
嘴里念叨着山丹丹花儿

我的爱呈现出飞速扩张的态势
现在它们的面积已等同于整片国土
被我爱得最深的，是那些高山一样隆起
峡谷一样深陷的大地伤痕
最痛的美，最美的痛
因过于辽阔使我的幸福不堪重负
白天我必须变成阳光散入山河
夜晚无法安眠，星空是我破碎的心

被一支枪修改（小叙事诗）

1

第一次和枪相识时
他像一本刚刚出版的
青青翠翠的农历
散发着谷物印刷的气息
枪却说他是旧的——
腰板像用过的犁弓
手脚也总是拖泥带水
还有什么品质意志
说得他威风扫地
枪说要重新修改他
让他成为刚出厂的新机器

2

枪把他捆在自己身上
给他讲一些笔直坚挺的事物
讲直线的钢铁
是世间的硬道理
刺刀可以断裂

但是不能变弯

弹道允许下落

却不能屈膝

枪边说边在他身上

标出靶心和射击距离

标出荣誉的具体位置

枪说荣誉是生命的金子

没有它还当个啥鸟兵

还不如在家里种地

3

枪说话时口气很硬

不过他很受用

他也向枪炫耀自己的学识

他向枪讲家乡

满坡满野的茂盛农业

讲谷穗会说话

会管泥土叫娘

讲他离家时

老屋上刚苫了新草

屋檐上挂着月光曲

讲他娘还有一头黑发

浓云一样美丽飘逸

讲他家那头老牛

牙齿还像铡刀

切秫秸像切豆腐

他的话充满庄稼味道

枪也很受用，

枪说真想变成一棵

怀抱金字塔的玉米

长到他家地里

他和枪亲如兄弟

枪和他形影不离

4

分别是相识的必然结局

白驹刚抬起前蹄

还没过隙，就到了

他和枪分离的日期

他舍不下枪

泪水刚刚涌出

就被枪的冷脸逼了回去

他想把枪带走

枪不跟他，万般无奈

他只好带走了枪的影子

像带上一把护身的刀子

枪的影子就是他

他就是自己护身的刀子

5

离家几年，恍若隔世

他和家好像互不相识：

老屋上的新草已被秋分

母亲头上正在霜降

那头老牛临近冬至

只有他像刚刚立春——

他是新的，从里到外

都留着被枪修改过的痕迹

玻璃上的冰花

在寒风的追击下
她们慌不择路
把我这身军服
当成了护身的春天

这些树，这些莹洁的珊瑚
这些花，这些大地的灯盏
这些鸟，这些天才女歌手
被寒冷逼上绝壁
玻璃见死不救

真正见死不救的是我
我拒绝开窗放她们进来
并把屋里的炉火熄灭
我爱她们，所以残忍
我拒绝她们
是因为害怕失去她们
她们一旦扑进我的怀里
会和我一起
激动成忧伤的泪水

答应我

在烈焰覆盖的无边大漠里
当我渴得皮肤龟裂如久旱的黄土
请不要把你的水壶给我
只请你告诉我哪个方向可能有河流
——请答应我
即使我倒在寻水的路上
我体内残存的最后一滴血
也会在来年化作一片湖泊

在踏着饿殍前进的漫漫长途中
当我只能靠消化自己的胃囊充饥
请不要把你的干粮袋给我
只请你教会我辨别可食植物的方法
——请你答应我
即使我倒在觅食的路上
我身上所剩无几的膏脂
也会养育出一株谷子或果树

在河流被冰扼住喉咙的雪夜
当我冻得只能靠自己的体温取暖
请不要把你身边的柴草给我

只请你告诉我哪座山上有树或干草
——请答应我
如果我倒在找柴的路上
我的骨头就是一堆干柴
供下一个跋涉者点着烤火

雪地种植

暴风雪之夜
石头缩进自己的骨缝里取暖
帐篷形同虚设
雪片鱼贯而入
我的案头犹如一片雪地
我在雪地里种植诗歌
种植灵魂的谷物
此时，是谁在说：
诗歌是耐寒的作物

那些温润饱满的籽粒
那些坚硬的火
闪烁着温暖的光泽
从心灵的种仓里涌出
通过手指和笔尖的接力
穿透大雪，抵达泥土
我像我祖父的祖父一样
把泥土和种子敬若神明
我知道世间万物
只有诗歌和谷物
具有同等的营养

暴风雪之夜
我在一条农谚里种植诗歌
我看见阳光正大雪一样
进入文字的身体
春天还在雪山的背后
我的案头已渐渐发绿

绿 烛

在你目光的春水里沐浴之后
整个冬天
我一直在雪线上绿着
犹如白玉烛台上
一支燃烧的绿烛

北风像庖丁手里的刀子
把河流剔得只剩下冰的骨头
雪冻得须发皆白，四处乱窜
而我一直绿着
我的光芒游走在雪的内部
寻找树木和花草的根系

一支绿烛燃烧整个冬天
直到最后一片积雪
融化在我的泪光里
直到冰的骨头长出青春的水
一只野鸭在界河里灿然开放

请你推开春天的窗户
你的目光捉住的第一朵花
是我送给你的胭脂盒

新增的骨头

每个人都有自己喜欢的事物
我钟爱体内的一块骨头
在我的所有骨头中，唯有它
不是父母给的，它是后天新增的
如果我的骨头总数没变
就是它在暗中替换了原有的某一块

具体位置不详，形状不可描述
我能够说清楚的是，它的构成成分
包括军粮、军装、条令条例
深夜紧急集合的尖利哨声、冻伤
丧父之痛……复合分子结构
决定了它内含超常规的铁
钙、盐，以及成为烈士的潜质
经久耐用，无法复制
它把其他骨头紧密团结在一起
背负着我的身体匍匐，奔跑

它的广延超过了我的身体轮廓
它的长度等于我后来要走的全部路程
它的宽度是我后来的最大生活边界

它的高度是一个傻乎乎的青年
和国家天空之间细小的间接联系
它无限坚硬，不惧怕任何强大对手
也可以把最大的私欲镇住
它无比脆弱，长者的一滴泪
孩子的一声哭，都足以
让它弯曲，软下来
它被命名为——我的 1975 年

古 炮

目击者。亲历者。渎职者
除了永远醒着的炮手
没有人听见，它在深夜
翻动淤血的身体时发出的声音
它没有梦，只有星光般不眠的疼痛
一个世纪前的内伤不停地上升
上升为比血泪更沉重的铅云
低沉的巨大笼罩，使整座炮台
乃至整条海岸线感到压抑不安

——旅顺口
一门古炮在悲伤中老去
渐渐接近于作古，除了炮手
没人听见它被悲伤逼向死亡的脚步声

它刚进入海边阵地的时候，多么年轻
青春的钢铁巨子，剽悍的战争之神
只用喷射雷霆的炮口和对手说话
用响亮的语言构建荣誉和功勋
但是，当对手从海上一路掩杀到胸前时
它雄壮的炮口却一言未发

除了空洞的愤怒，它的喉咙里
找不到一个带火的字
粗大的炮口如同一只独目
以瞄准的姿势，目睹了对手登陆
和痛快淋漓的屠城，它的光荣
尚未诞生，就惨遭杀戮

愤怒者。悲伤者。羞愧者
事实上……它已经作古
在人们毫无觉察的某个深夜
它死前的最后一声悲叹
那断裂的巨响，除了炮手
梦里的人们听不到

从服役到死去没说过一句话
被暗红色铁锈塞满的炮口——
一只被砸光牙齿积满淤血的嘴
一只充满淤血的难瞑的独目
目睹了自己的死——被悲伤
杀死的钢铁，触目惊心的脆弱
它没有坍塌，仍像活着一样
是因为被一门炮的尊严支撑着
——除了炮手，没有人知道

请不要把这庞大的悲伤标本
拖进炼钢厂让它再生

我以一名炮手的名义请求
不要让火焰拆开它尸体的瞬间
让我们目击那比死亡更深
更新鲜的悲愤、耻辱和羞愧
就让它以活着的姿势
雄踞在生前的战位上，用那只
永远闭不上的眼窝望着大海
让它用那张没说过一句话的炮口
对这个世界说点什么……

雪的弱点是美

一个旅人内心的空茫如同残秋
连孤独也无法穿透。他急需一场大雪覆盖
然后，从雪下抽出梦想中的春天

一个热恋或失恋的少女盼望落雪
是想用雪的白把脸涂红；用雪的冷
把嘴掩住，把秘密的幸福或疼痛藏得更深

一只经常在夏天梦见雪的乌鸦
并没有坏心思，只不过想让自己
变得比其他鸟儿更抢眼，赢得少量粉丝

我的仇人，兜里装满来路不明的黄金
他总是赶在落雪之前出门
他需要埋掉自己的脚印

我和他相反，再急的事儿
也要等雪落下来再去做
尽可能让亲朋好友知道我的行踪

雪总是悬在半空，我会因焦虑而憔悴

但我对雪表示理解：她太善良
总想为我提供休息的理由和时间

雪的弱点是美
她可以帮助很多人
部分地实现内心的愿望

熔金之焰

熔金之焰：榨干诗人想象的黄，
灼地烛天，呼啸、翻滚、升腾。

油菜花开——江南的激情，
内心压抑三个季节的高贵激情被春天引爆。

充满侵略性，霸道的单色美。
辉煌的席卷、覆盖，占领和扩张。

微型悲剧频发：超载的袖珍金色轰炸机失事，
贪财的蜜蜂艰难起飞又沉重坠落。

贪色的风流蝴蝶被芬芳烈焰吞没，
过路的南风变成黏稠滞重的阳光汁液。

呼啸的熔金之焰辉映田野、村镇。
蒸腾的熔金之焰使天空变黄、变低：

天空无法承受高贵的大地反光之重沉沉欲坠。
江南的肺，吐纳灿烂的 24K 物质。

被大地的心抱紧

不是霜迹，不是白雪的反光，
拙朴粗粝的心形棉桃炸开。
以最冷的色调，大地的心
在秋风横扫的北方平原上炸开。

白焰冲天。大地内心的火焰
从黑暗深渊聚敛、抽出的阳光，
在辽阔的萧索中恣肆燃烧，
炽烈、酣畅，慷慨而彻底。

棉花堆放场：滚烫的巨大银器正在塑型，
打棉包的黑脸皂衣人通体雪亮。
脸上沾满油汗和草梗的人，肤色再黑
也不会成为这熔银光芒中的污点。

……炸开的大地之心在燃烧，
她要提前对北风构成威胁。
严冬降临前收拢火焰，
压缩进布匹、被褥和衣物。

大地所拥有的也就是这些了。
让诗人眼睛里汪满泪水的大地，
为她工作的人纯洁而温暖，
布衣加身，被大地的心抱紧。

亲情织物

一件穿了二十年的旧背心
我舍不得扔掉，并非出于经济原因
而是觉得它太像一块皮肤

纯棉、32 支，我当兵后大哥给我买的
故乡一家针织厂出品。一件护心软甲
走了两千里邮路，又抱着我走了二十年

时间在我身上揉搓了它二十年
血液的文火蒸煮了它二十年
手足般的织物，漏洞百出，贴心贴肺

汗濡的微黄和皮肉浑成一色
36.5 度的恒温散发着血亲气味
我最后一次脱下它，像从身上撕下一块皮肤

我怎能舍得扔掉一块沾血带肉的皮肤
我怎能忍心让塑料废品袋
和铁皮垃圾筒把我的皮肤拿走

一年中有三个季节我珍藏着它
严冬来临时小心翼翼取出，指尖南风骤起
骨肉般温暖的南风把我的整个冬天吹绿

故乡的伤

仿佛走进一个年代久远的遗址
或者误入别人的梦境
一个在当地已无户籍的人，无人相识
甚至连自己也不敢确定：我是谁？

童年常常被我想象成树的炊烟
如今我再也听不到枝叶间的鸟鸣
陪我走过许多冬天的那个雪人
躲进云里，拒绝见我
曾经把我当成小鱼养着的那条河
我是否还有能力泅渡或下潜？

临水顾影，我看见了岁月的掌纹
生命的龟裂：离乡时那张光洁的脸不知去向
如同隔季陈叶，飘走或腐烂
不留痕迹。身体如此容易水土流失
不需要任何外力帮助
竟可以面目全非

抱愧者，前来归还多年前
带走的一小块乡土：我的身体

龟裂的身体，无人接收
乡音的证件已经丢失
故乡成为异乡，除了泪水
还有什么能证明我的身份？
回乡者，一道治不愈的故乡的伤

风中的运糖车

风中的运糖车驶进县城
让一条大街变甜
让和大街关系密切的一些小街
也都跟着变甜
让女人和孩子变甜
女人和孩子甜了
整个县城基本上都甜了

糖的牙齿上也咬着苦
风中的运糖车
让没吃过糖的人变苦
让以前吃过糖现在没糖吃的人
变得更苦
这是瘦高个司机没想到的
他一路颠簸的脸
仿佛一块含糖量超标的果脯
上面落满尘土
他在县城中心商场前把车刹住
开门下来
像戳在车门前的一根甘蔗

飞翔的心
——致北京残奥会

我比他们残疾更重
我比他们多一只手臂
多一条腿，多两扇明亮的窗户

我看到的远方他们已率先抵达
我仰望的高度他们捷足先登

他们把世界抱在怀里
把尊严和荣誉举过头顶

命运派发的一把糟牌，被他们打得
比我手里的好牌还要完美

我比他们残疾更重：
四肢健全，缺少一颗飞翔的心

在命运的斜面上

从背后望过去，你只能看见
一些麻袋和箱包在蠕动
在货场，在码头，在配送中心
他们被麻袋和箱包挤压着
沉重缓慢地向前蠕动
让你在光线模糊的黎明或黄昏
对眼睛产生怀疑：那群弓起腰脊的动物
它们在缓慢地接近什么

那些挤压着他们的麻袋和箱包
里面塞满城市的欲望
他们的腰弯得不能再低
他们并不被动，他们也在挤压对方
挤压那些挤压他们的麻袋和箱包
弯腰耸肩，弓步，腿和地面
形成攻击的锐角，上下水泥台阶
上下陡峭的跳板，缓慢坚定
直到把麻袋或箱包挤压到合适的位置

被繁华都市无限缩小，像负重的蚂蚁
被仰望或平视的目光一再忽视

他们引起我的关注，是因为
一个扛过枪的人也在他们中间蠕动
他放下麻袋直起腰的一瞬间
我看见他前额上横亘着一条峡谷
大檐帽压痕，缩微的河床里
汗水哗哗流淌，漫向耳际和全身

在命运的斜面上蠕动着，哑默的一群
说话的力气也被逼上肩头。但他们是快乐的
五分钟、至多十分钟的休息间歇
力气回到嘴上，夸张地赞美自家女人和孩子
笑声嚣张，比喻粗俗，肆无忌惮
用石头一样粗糙的语言
使劲敲打这个世界

用汗酸味表达生活立场
用粗重的喘息和坚硬的骨头发表看法
暴起的肌肉里仿佛胀满幸福
我断定他们是幸福的：从汗酸味里
提炼着一丝一缕的甜和温暖
腰杆子撑起一片屋檐，每天拿回
从麻袋和箱包里榨出的三十元
二十元，甚至十元钱的幸福
分给一个女人，一个孩子
和干干净净的四壁

害怕长大

路过一棵核桃树，一只吊嗓子的蝉
无意中向我揭露了她们
浑身毛茸茸的，小指肚大小
藏在树叶里的小核桃
像我在峨嵋山看到过的小毛猴
长时间蹲在树杈上，透过树叶缝隙
偷窥树下的世界，紧张的目光
如同风沙中颤动的光线

我没想到小核桃的长速那么慢
比我的思想还慢。过了挺长时间
我又路过那棵核桃树，见那些小核桃
仿佛停止了发育。她们还是那么小
还是毛茸茸的，还是藏在树叶里
像树杈上的小毛猴，惊恐地向树下张望
她们好像颤栗了一下，好像浑身都在出汗
好像在努力收缩身体，想退回花朵
我怀疑她们害怕长大，她们可能
知道了树下的一些事情，比如像啥补啥
核桃仁补脑。她们害怕替别人长脑子

我思想缓慢，跟不上潮流
我想告诉小核桃，我从来不吃核桃仁
而且我也是一棵树，一棵走动的树
可我毕竟不是核桃树
和小核桃使用的不是同一种语言
长时间窘在树下，是我唯一可做的事情

匿名信

闻声识鸟，我能认出布谷
荆钗布裙的朴素村姑，播种时节
嗓门特别大。我还能认出杜鹃
爱情至上的浪漫主义女子
一开口，就像黛玉咳血。现在
用叫声告诉我她们就在我头顶树冠里的
一群鸟儿，是山雀？还是黄鹂？

我猜不出她们的姓氏和芳名
她们的声音有点惊恐，有点兴奋
从叶隙筛落，像投给我的一封封匿名信
她们的嗓音有点沙哑，仿佛声带上
落满尘土，使我无法准确理解
匿名信的内容：是欢歌，还是怒吼
是迎宾辞，还是逐客令

她们藏而不露，不让我看清真相
又有点不甘心，不时在叶隙间一闪
亮给我半个翅膀，然后又迅速隐身
她们用声音飞翔，从一棵树到另一棵树
一会儿又飞回来，再次一闪身

她们可能想看清楚树下的人
带没带意大利双筒，或日本小口径

我不懂鸟语，无法告诉她们
我曾经佩带过中国五六式手枪
可我从未向鸟儿开过一枪
而且每年春天我都参加植树活动
距离人类最近的袖珍天使
给我写匿名信，还要读给我听
像我儿子五岁时，躲在另一个房间里
留下一指宽的门缝，给我提意见
使我对他的爱充满歉疚
痛楚和恐惧

风也有悲伤

幸福的时候风很安静
我们的眼睛和耳朵都找不到她
风也有悲伤：天黑以后
我听见她呜呜地哭着，满世界狂奔
像个可怜的弃妇，无家可归

后来她抱住一棵杨树号啕
我听见杨树窸窸窣窣地劝慰
风不领情，和对方撕打了一阵后
把自己吊在高压线上
像要自缢，高分贝嗓门
仿佛用鞭子抽打自己的喉咙

再后来好像又放弃了自绝的念头
跳下高压线，一边哭喊
一边拍打楼房的墙壁和门窗
多大的悲伤才能爆发出那么大力气

我能想象她捶胸顿足的样子
风哭得发疯。天亮时风终于安静下来
我出门后看见那棵好心的杨树

头发被撕落了一地
楼下墙边有一堆碎玻璃
像一堆结冰的眼泪
我看见六楼的窗户碎了
是不是昨天夜里，风破窗而入
回到了她从前的家

仰 望

对于飞翔的事物
我都保持仰望的姿态
太阳，星月，排成人字的雁群
裹着闪电低飞的鹰，麻雀，乌鸦
风筝，霜降前一只蚂蚱
最后的冲天一跃，一片落叶借助风力
想重回枝头的欲望，都会从高处
牵住我的脸庞、目光

这来自低处的瞩目，我知道
辽阔高远的天空并不在意
那些凌空高蹈的事物也不需要
它们或许只是一些借口
让我举目向上，以免内心抽出的光线
总是照在匍匐的灵魂上

感　谢

感谢苦，我的甜是它给的
感谢恨，我的爱与痛和它有关
感谢醉，给我醒
感谢梦，赐我一些没有证人的经历
许多秘密无人知晓
感谢丑，让我知道美是它的对立面
感谢暗算，我整夜开着灯
睁着一只眼睛睡觉
这些习惯的养成得益于它的教育

感谢上苍并祈求他原谅
我已经学会了用伤口感谢刀锋
只是我性格执拗的手还无法做到
和经常握刀的手亲切相握
日久生情

赞 美

赞美杏树在梦里开出桃花

赞美茅草怀抱着树的高度枯萎

赞美麻雀学着天鹅的姿势贴着树梢疾飞

赞美螳螂挡车，小个子草莽大英雄

赞美秋蝉在雪落之前摔碎身体里的琴

赞美人群中喊错妈妈的幼童得到温暖的抚慰

赞美还乡者在祖坟前无法收拾盛大的泪水

赞美令路人悲痛欲绝的死给出生的妩媚

赞美大灾之年只结出了一粒米的稻穗

赞美沙粒为倒在路上的蚂蚁树起最小的墓碑

来自泥土、草根和树梢的爱与悲悯

微光闪烁的美，倘不复存在

赞美将被神献于诗歌的灵前

诗人的心已如期破碎

犹豫不决

在尘世的风雨中行走多年
我的身体落下两种病
一种是刺，多年前扎进肉里的
我一直没舍得用刀尖儿赶它滚蛋
坚持用肉养着它，用痛养着它
我得到的回报是后来在路边
盯上我的很多刺，无一得手
很多好花也因此被我错过

另一种病因说不清楚，无法命名
具体症状是：笑容可掬的人
向我伸出手来，想和我热烈一握
我总是在积极响应和置之不理之间犹豫不决
让躲在裤兜里的手左右为难，备受煎熬

我真的不想让别人尴尬
我只是拿不准对方
是想拉我上岸，还是拖我下水

蜗牛不着急

蜗牛不着急
是因为没有什么值得去追赶
也没有什么风险可以担心

风雨来了就钻进祖传的华屋
危险降临就退回随身携带的堡垒
因为幸福，身子发软

它用慢赶路
用硬防身
用软享受幸福

它是善于思考的
收拢柔软的肢体，只剩下一颗头颅
研究三个问题：慢、软和硬

一朵花让我为难

一朵花拦住我的脚步
一朵花开在横过小路的蔷薇枝条上
那么惹眼，原因是没有第二朵

这独一无二的美让我为难
让我长时间驻足，不知所措
如果我把花摘走，枝条就没有花了
我不摘，就会被我身后的人摘走
如果我走后再无人从此经过
花就会被风雨摘走
风雨不来，花会借助季节的力量
摧毁自己的容颜

轩辕手植柏

一棵树和天空的关系是抓住还是擎起？
一棵树再高再大
仅靠年轮咬住的时间
在岁月里能站多久？

一定有一些时间以外的物质
使它护住了上古时期的绿
它抓住或擎起天空的枝柯
是植树人关节粗大的手臂和十指

我确信它深植于地下的部分
一定大于地面上的部分
四处辐射的发达根系
一定像地面上遍布四海的炊烟

现在是深秋，越来越紧的风声
在低空折磨着云。站在树下
我觉得看似倾斜的天空
其实很可靠，一点也不让人担心

壶 口

……我必须纠正黄河的性别

我听到的是仿佛不可能的声音
一万颗雷霆撞击的声音。一万头雄狮
咆哮的声音。一万匹野马奔腾的声音
一万种硬度超过石头和钢铁的物质
倾轧、滚动的声音。让秦晋两省
微微颤动的声音。让鸟鸣、兽吼和大风
收回自己声音的声音
我确信这仿佛不可能的旷世巨响
只能是雄性的热血暴怒的声音

我看到的是仿佛不可能的事情
在岩石上砸出深渊：举起万吨云水
砸下去。举起万年雪山砸下去
举起万古高原、草原砸下去
举起从火焰里掘出的石器、铜器
铁器和陶器砸下去。举起自己的骨头
和呼啸的灵魂砸下去。在岩石上
砸出垂直的大道和深渊
我确信这仿佛不可能的气概和膂力

再强健的女性也不可能拥有

我确信这岩石变成的深渊绝望而幸福
永无休止的雄性热血的猛烈击打
使它的身体里充满熔金般沸腾、毁灭的激情

多年来我的脉管里一直静若止水
此刻，我听见那些隐秘的细小河道里
突然响起久违的涛声

壶口以下

雄性的大水去了哪里？
宽阔悠长的石质河道空空荡荡
站在河岸上平视
找不到一线流水的影子

从天而降的大水猝然隐身
恍若一把挟着雷鸣的黄金巨剑
闪电般插入深不可测的剑鞘
俄顷，从下游抽出
仿佛带着浓重神秘的史前气息
突兀，诡异，横亘现实

壶口以下，并不是暗河
我迈着惊悚的脚步从岸边走向河床中央
一条由水劈开的细长裂隙触目惊心
沉雷滚滚的热血高举着波涛
在狭窄的命运里
侧身狂奔

秦腔揪住我的耳朵不放

我的耳朵在黄昏突然被秦腔揪住
目光顺藤摸瓜，沿一阵绵长劲道的秦腔
在接近黄土塬顶端的坡上
捉住了一块向上移动的白头巾
如果仅仅是因为白，仅仅因为向上移动
而不是秦腔的源头，我会误认为
那个吼秦腔的人是一只正在爬坡的羊

接近黄土塬的顶端，坡陡得几近直立
他的身体使劲向前倾，吼着秦腔往塬上爬
从我的角度望去，更像是秦腔吼着他
要把他体内的力气都逼出来，帮着他往塬上爬
或者秦腔是装在他身体里的一种动力设备
发出的声音：尖锐，粗糙
像用砂轮或锉刀，使劲打磨着坡、塬
以及压得越来越低的黄昏

仿佛有个秘约，落日停在塬上的时候
吼秦腔的人也正好爬到塬上，他好像用秦腔
对落日说了一句什么，或者和落日交换了
一件什么东西，我看见落日抖了一下

吼秦腔的人也抖了一下，随即分开
像两个秘密接过头的人迅速分手
背道而驰，落日滑到塬的这边
吼秦腔的人消失在塬的背面

他已经翻过了黄土塬
可秦腔仍揪住我的耳朵不放
只是分贝逐渐降低。他已经翻过了黄土塬
为什么还吼秦腔？或者说，秦腔为什么
还吼着他？我猜想不仅仅是因为
天马上就要黑了，而是塬的那边
路还在继续，很大的起伏还在继续

废弃的窑洞

我想选一片土质坚硬的陡坡
掘建一孔窑洞，住进去
像穿上一件自制的土布衣服
冬暖夏凉，超厚、超宽、超大型
把我的山东媳妇接过来，改叫婆姨
夫妻俩，在衣服里吃饭、吵嘴
接吻，天黑后也不用脱下来
在里头睡觉、做娃……

若干年以后
如同当初掘建时移走里面的土
当我被生活移往别处，比如重新移回
济南空军大院，或闵子骞路茅屋
或别的什么地方，我就带上我的婆姨
带上我的狗娃或牛娃离开

我的窑洞还留在原处，就像此刻
我在陕北看到的众多废弃的窑洞一模一样
里面残留着一些从前的呼吸、体温
以及一些细小的甜蜜或悲伤
它们的主人已被岁月移往别处

它们陈旧、破败，窑口枯草摇曳
透过卷着沙尘的大风，从远处望过去
像晾在黄土墙边微微飘动的旧衣服
有一点亲切，有一点凄凉，还有一点点恐惧

有些窑洞已彻底坍塌，它们的主人
或许已在里面安睡了多年——
那是一些具有双重功能的土布旧衣服
生前遮体，死后葬身

那种学名叫红百合的花

那种学名叫红百合的花
我一次也没见过它在黄土地上开着
这次来陕北，又错过了季节
可它的俗名山丹丹花
一直在我心里开着

一种花开在地里或开在谁的心里
并不特别重要，顶多只是形状、颜色
和香味的准确性略有差异
并不影响它在地里或谁的心里开着
就像勿忘我，见过它的人并不多
可是每一个恋爱过的人、或正在恋爱的人
心里都开过、开着一朵，甚至好几朵
开在心里，没有具体标准
想象它有多美，它开得就有多美

我在想着这些问题的时候
一个素衣少女从路边的坡上款步走过
风中摇曳的线条，和我从植物学上
看到的红百合植株很相似
她的脸蛋白里透红

我觉得山丹丹将开未开之际
花苞可能就是这个模样
哪一天突然开了
就是一个火辣辣的漂亮婆姨

狗头枣

小于狗头，却足以让其他省区出产的枣
知道大红枣到底有多大
知道山外有山，枣外有枣

红枣补血，血由水生
干旱的陕北，比油还贵的水
是不是都浇了枣树？
狗头枣，大得惊人，红得惊心

我贫血，我决定买两袋带走
我的身体需要它们
可我不会用它们修补身体
我要把它们当灯盏使用

我不是不疼爱自己
是害怕齿锋划破枣皮的瞬间
陕北的血涌出来
用陕北的血疼爱自己
我于心何忍

一样的婆姨

一样的赭黄肤色，一样的干燥呼吸
一样的宽厚起伏的形体
恍若写意的高原地貌

上坡锄谷，下沟剜菜
呼呼作响的脚步卷起沙尘
一天不知要弯多少次腰
从几近干涸的汗腺里
从和皮肤浑然一色的黄土里
掘出生活的细小金粒

像沟底泪水一样的细流
养育两坡庄稼，用干燥的皮肉、呼吸
护住内心的水，让一个家风调雨顺
仿佛体内秘藏着一孔窑洞
安顿着馍香，安顿着汉子的疲惫
和秦腔一样高亢的笑声
以及牛娃狗娃没有风沙的童年
只有在梦里，才把手脚和汗水还给自己

当爱情、骨头里的钙和盐
被岁月掏空，一孔窑洞訇然坍塌
在某片坡上，黄土高出一尺
对应的天空降低一尺
风在突然高出的部分上
渐次雕出细小的坡、墚、沟、峁
——曾经的青春线条

人和羊

仿佛一把生锈的铜号
装在那个牧羊汉子的嗓子里
他吆喝羊时，声音高亢、粗糙
混合着沙尘，大风一样卷着羊群
朝一个方向奔跑

身体和黄土坡、黄土墚一个颜色
白头巾和羊群一个颜色
巴掌大的白，比羊群略高
能帮助站在远处的人
把他的身体从黄土中剥离出来

如果是在没有风的墚上
一团一团的云，会让人觉得他的羊
突然多出了几只

累了，就卧在觅食的羊群里嗑烟袋
白头巾比羊低，站在远处的人
以为羊群里有一头刚出生的小羊羔

累得实在撑不住了，就丢下羊群
钻进黄土里睡觉，像一群羊
在大风里突然走失了一只

三点红

打着呼哨的风，疯狂地摇撼树

断落的枯枝满地翻滚。远处的田野里

枯黄零乱的玉米秸被肆意蹂躏

更远处的山墚，在沙尘的压迫下

喊不出一声痛。南泥湾的风

比刀锋还冷，还霸道

叔叔，给个矿泉水瓶吧

车刚停下，三个小女孩就围上来

堵住车门，伸出雀爪一样瘦黑的小手

矿泉水瓶不值钱，要它有什么用？

两分钱一个呢！卖了，攒钱上学

如愿后彬彬有礼：谢谢叔叔

寒风中皴裂的三张小脸蛋儿

像要被冻裂的三个红苹果

广场。陈列馆。高耸的垦荒纪念碑

阔大的历史背景把她们衬托得那么小

破旧的衣服上沾满尘土、草屑

像三个小泥俑，远离现实。假如风再大一点

我担心她们会被刮走，打碎

或许我们来错了季节
曾经的光荣都转移到了室内
2006 年 11 月 18 日上午
我和军旅作家刘天增看到的南泥湾
陈列馆外的视野里没有一点绿
三张冻伤的女孩小脸蛋儿
是仅有的三点红

汶川大地震备忘录

A. 5.12 之后致死神

那些老人，不许你动他们
那是我的爹娘叔婶
孩子你不能拿走，平民出身的军人
一向用心肝捧着民间的珍宝
少男少女也不准你染指
我的弟弟妹妹，连心的手足
不能给你

既然来了，总得让你拿走点什么
瓦砾、废墟，以及短暂的荒芜
我来之前你的这些罪恶成果
我们不喜欢，你统统拿走
我能允许你拿走的只有这些了

如果还嫌少，就再拿走我的命
不过泪水不能给你
我的泪水里站着上下五千年
外加两条奔涌着青铜黑铁的大河

就算我舍得，你也搬不动

你这没血没肉的鬼东西
快滚吧，当心我把神的外套
从你身上剥下来

B. 老兵突击队

如果一定要找出他们和一般老百姓
之间的区别，就是他们的档案里
多填着几年早已失效的军龄。

这唯一的不同在他们胸膛里埋下一块病，
像风湿性关节炎，每逢阴雨天就发作，
他们一听到对人民不利的消息就心口痛。

痛得一跃而起：迅速组成建制，
迅速集结，迅速出动，
前方纵是雷阵，也必须踏平。

我写这首诗时已是六月，透过泪水
我还能依稀看见他们劈开五月的风雨，
向汶川疾速开进的身影。

C. 两句话

一个躯体还被埋在废墟里的孩子

对营救他的解放军说：我能挺住，
我身后的楼板下还有人，请先救他们！

一个刚从瓦砾中被挖出脸庞的成年人
斥责手指滴着血的消防战士：
你们怎么这么慢？还不赶快把我弄出来！

倘若第一句话由成年人说出，
第二句话出自孩子之口，
也许我的泪水是另一种滋味。

D. 留下"好"……多好

我们诅咒灾难，并不影响我们
在抗击灾难中看到的好

涌向采血车和捐款箱的人流多好
"90后"小兵儿扛着国家的大梁
累倒在废墟旁，短暂的睡相多好
退役老兵举着突击队的旗帜
开赴阵地的队形多好；哺乳期的少妇
把自己的宝贝送回老家，当众解开胸衣
轮流为别人家的婴儿喂奶的姿势多好
三岁儿童躺在单架上的举手礼多好

不是为自己流的泪多好

不是为自己流的血多好

不是为自己采购的大量食物

饮用水、衣服和被褥多好

不是为自己花的钱多好

不是为自己的奔走、忙碌多好

不是为自己承受的痛多好

不是为自己付出的爱多好

不是"为自己写的诗歌"多好

疼痛的诗歌、狂飙席卷的诗歌

从象牙塔的废墟下救出诗人的诗歌

经过泪水蒸煮后打捞出的诗歌

热血呼啸，迸发出铁和盐的力量

大量的粗糙部分也得到了原谅

找回大痛大爱的诗歌多好

找回高贵、找回光荣的诗歌多好

送走灾难……多好

留下好……多好

E. 太阳的孩子

他们身上穿着来自北京的新衣裳

背着来自上海的新书包，里面装着

来自山东的新课本、吉林的新练习册

新疆的新文具盒里，盛着西藏的新蜡笔

龙门山镇的早晨，一群孩子钻出帐篷
走向一所墙体上嵌有八一图案的新学校 ①
和从废墟里钻出来的昨天相比
他们焕然一新，仿佛一群新孩子

刚刚升起的太阳也和昨天截然不同
那么暖和，和他们贴得那么近
他们好像是用头顶着太阳往前走
又像被太阳拉着小手往前走

他们唱着歌儿，歌声那么暖和
如同嘴里衔着喜事儿的一群小鸟
羽毛里塞满阳光，被温暖深深地爱着
小脸红彤彤的，仿佛是太阳的孩子

F. 两束光

十年前那场大水涌来时我们见过
大地震之后，它又出现了

我说的是那些贴着慈善标签的棉被
那些以爱的名义进入灾区的棉被
里面的黑心如果没被查出来

---

① 地震灾难发生后，参加救援的空军部队用三天时间在重灾区龙门山镇建起了一所九年制学校。

失去家园的人夜里盖身上
会不会比不盖
还冷？

我还想说的是一次发现
灾难：它的内部秘藏着两束凌厉的光
一束映出人性的暖和亮
一束挑开灵魂的冷和暗

海西：广度与深度之美

这首诗不是我写的

这首诗不是我写的
在柴达木，它早已存在

这些棱角分明的方块字
这些建筑骨骼和力量用的盐粒

这些略显随意的标点
这些大风刮不走的牛羊

这些空格，这些内含金属和鱼群的湖泊
数不清的鸟类是湖水会飞的部分

这些空边儿、空白，干净辽阔
被飞得那么低的蓝天白云反复经过

这些被文字压住的灼热情绪
这些等待燃烧的煤、石油、天然气
……

这首诗不是我写的。如果是
在别处我为什么没把它写出来

更多更大的美被别的眼睛抢走了
我发现了它，署上了我的名字

海西，我可以带走什么

藏羚羊是祖国的，一个保卫国家的人
不敢梦想把国家珍宝私有化
格桑、卓玛，离开高原会水土不服
我怎么能让她们到低海拔的异乡受苦

乌兰、都兰，都已儿女成群
百花一样美好的社会关系
在各自拥有的县域内盘根错节
她们不会跟我走，我祝她们更幸福

德令哈①，广阔的金色原野上
我不忍心摘走任何一朵花
格尔木②有那么多四处散开的流水
有娘的好孩子，再小的我也不能领走

请允许一只洁白的羔羊跟我走吧

---

① 德令哈，蒙语"广阔的金色原野"。
② 格尔木，蒙语"河流密集的地方"。

我住的地方没有蓝天，让我在阳台上
养一团白云，咩咩叫着，和几盆孤单的小花
小草作伴，一起长大，谁也不吃谁

请允许我带走一块戈壁砾石吧
拳头大小的最好，让我放进胸腔里
我的生活局促，狭窄，逼仄
缺少远方，急需一颗辽阔的心

如果领走一只羔羊草原舍不得
少了一颗砾石戈壁会心疼，托素湖
请送我一条小鱼吧，最小的就行
让我把它放进眼窝里带走，用泪水养着它

多么美的冷呵

雨不冷，雨变成雪
就冷了；水不冷
水变成冰，就冷了

盐是一种大比重的水的收缩
生活五味中压轴的一味
"人不吃盐，就没有劲儿"

干净，有力，凛冽
盐有冷的颜色，冷的外形

像雪，像冰，像冷

察尔汗，茶卡……祖国的盐库
祖国的血液里，咆哮的铁
骨骼中呼啸的力量

我喜欢这里的冷：四季冰雪
多么美的冷呀，不用添加衣服
不感冒，也不打寒噤

我需要这样的冷：在缺盐少油的
火红年代里长大成人，我的身体里
堆积着一段五味不全的火热生活

一只柴达木品牌的盆

盆是生活中必不可少的小型容器
和面，洗菜，淘米，盛饭
端过来端过去，盆里盛的是日子
盆也有超大型号的，里面盛着——

一草原一草原的牛羊和马匹
一平原一平原的小麦青稞马铃薯
一河流一河流的无污染饮用水
一池一池一湖一湖的优质盐

随时随地可以烧饭：点着大灶火 ①

不用担心柴草，煤、石油、天然气

想用啥就用啥；炊烟升起来

被风吹成一蓝天一蓝天的白云

铸犁打锄造机器的硬元素也不缺

锡铁山 ② 代表铅锌等各种金属储量的长宽高

高原缺氧？以绿草山 ③ 为样板的

绿色氧工厂到处都是

——这些都盛在一只盆里，柴达木品牌的盆

太大太沉，蒙藏汉回土撒等多个民族

一起使劲，才端了起来，端到

海拔 2600 米以上，端给高处的祖国

长眠者被格尔木抱着

格尔木的名字很古老

格尔木市美丽，又很年轻

从一片严重盐碱化荒野

开始爱上格尔木的人，来自远方

他们背着祖屋前的那口老井

在这里找到了自己的水和灶台

---

① 大灶火，地名。

② 锡铁山为山名。

③ 青草山均为山名。

盐和碱都是好东西，可是想长家园
长城市的那片地不喜欢
格尔木不喜欢。他们弯腰挥臂
用这个一成不变的姿势
逼退盐碱，格尔木不曾有过的新树
新房、新楼，体形和他们直起腰小憩
目光依次翻越南山口、昆仑山口
和唐古拉山口时的身影很相似

大锤是他们的拳头，钢钎、十字镐
铁锹，是他们的指甲、指头
他们用比钢铁更硬的骨头
用炸开的血，劈开岩石……青藏公路
是他们挥向祖国最高处的手臂
抑或，从胸腔里掏出来的深色哈达

一些人过早地被汗和血掏空了身体
以弯腰挥臂的姿势，走进墓园
停止了劳作。他们身披厚厚的泥土
安静又隐秘，仿佛根本不存在
仿佛没来过格尔木。仿佛不知道
一直被越来越美的格尔木抱着
仿佛不知道格尔木也喜欢
用弯腰挥臂的姿势劳作，仿佛不知道
格尔木身上暗含着他们的气质
也许知道，假装不知道……

飞翔的神州
——"神舟"抒怀

一

神州呵——

我是你五千年星辰中

最新最亮最高的一颗吗？

二

你用从火刑中走出的龙骨

塑我的肢骨和脊柱

你用热血冷泪流成的江河

塑我的脉管和神经

你用气运蓬勃的苍茫大地

塑我的肌腱和膏脂

你用簇新如朝霞的旗帜

塑我的品质和灵魂

最后，你在我身上

饰以开满星光的凤羽

我是北温带覆盖千秋古梦的黄土
孵化出的凤之子呵
当那张长城牌东方神弓弦响之后
我啄开大气的卵壳
在吉祥嘹亮的凤鸣声中
升起来，浩浩天风
大水般从我身边滑过

三

我升起来——
从你的石斧与青铜里
从你的陶器与编钟里
从你的龟甲与竹简里
从你的燧烽与火药里
从你的丝绸与农历里
从你的楚辞汉赋唐诗宋词里
从你山岳般的光荣和峡谷般的苦难里
升起来，以最新速度
升起你的最新高度
展开你辽阔的梦想的光辉
我代表你的意志和尊严
在太空挂起庄严的族徽
用独一无二的汉字草书
签下你北斗般的名字

四

你的灵魂里长满翅膀
你的两种图腾：一龙一凤
都是飞翔的神灵
你从诞生之日起就拒绝爬行
拒绝匍匐，拒绝平庸
飞翔和探索是你的个性
夸父，嫦娥，以及从敦煌飞起的
那群娇艳的唐朝花朵
都是你理想中迸出的晨星

……而我不是你的神话
我是你遣往太空的探路者
在深渊之中，在深渊之上
为你劈开星河般的道路

五

我代表你，检阅星群
也接受星群的检阅
这些忽轻忽重忽上忽下的巍巍身影
这些或明或暗或冷或热的煌煌灯盏
这些有色无色有声无声的隆隆滚石
……这是神的居所吗？

我就是神，年轻的神

来自神的故乡：华夏神州

我就是一片飞翔的神州

六

我是东方现代科技之神

我的目光穿透大气圈

回眸人类共有的家乡

为了让你只生产庄稼、友谊和爱情

我飞起来，代表我的神州

我看见我的神州，此刻——

正在朝阳中，巨帆般隆隆上升

下 辑

小长歌：光荣与疼痛

我确信 5 月 6 日晚上那道向下的弧线
不是坠落，而是一次壮丽的升腾
你是鹰，翅族中的王者
如今我们看不见你，是因为我们的眼睛
和天空之间，依然横着盛大的泪水

乌斯浑河

1

乌斯浑河
一川遥远冷肃的美丽

今夜，在一座有泉有河
又偶尔出现水荒的城市一隅
我摊开中国地图，沿牡丹江溯流而上
找到那个寒夜和寒夜中那条冷艳的支流时
我看见 1938 年深秋的落叶
飘成芬芳的漫天花朵
落英，涛声和月光
响成素洁冷峻的一片

2

那一夜之前，她们——
八个春水般鲜亮的女子
除备好了本该由男人们摆弄的枪和子弹外
还蘸着内心的水，把一条柔可绕指的隐形利刃
霍霍地磨砺了很久，很久……

144

她们由此注定了
要走向一脉寒冷的秋水
她们脚下的林中小路
因伸向黑暗与寒冷的咽喉
而变得越来越窄，窄成一根
细若游丝的生命线
随时准备绷断
让月光盛开

3

"女人是水做的"
冷云，胡秀芝，黄桂清，郭桂琴
杨贵珍，李凤善，王惠民，安顺福
八个蓄满芬芳之水美善之水
柔顺之水幸福之水的名字
八个美如青春牝鹿的身影
八个未来的妻子和母亲
从尚未到来的幸福意义上
一步跃出，提前进入了角色
她们走在那条比发丝更细的林中小路上
义无反顾，她们的理由是
已经有太多的男人和儿子死去

她们美如月光的眸子里

不能塞进家园被毁的景象

她们无法让自己眼睁睁看着

男人和儿子，牲口一样被屠杀

母亲和女儿遭奸淫

施暴者，还想让活着的男人和儿子

母亲和女儿，在他们面前

统统膝盖着地。还有

原本属于男人和儿子们

耕耘收获的田野了

以及原本由她们的纤指

升起炊烟、酒香和笑声的院子里

戳满野兽的蹄印

她们盈满春水、夏露和秋波的眸子

装不下这些，装——不——下！

4

那是北中国最寒冷的一个秋夜

秋风中旋舞着钢铁的霰粒

虎背熊腰的关东汉子

一部分为了焐热冻得发抖的家园

慷慨地把热血注进了结冰的土地

一部分正裹着单衣，嚼着草根树皮

在密林中摸黑与身穿皮大衣的入侵者拼命

还有一部分正打着手电筒，点头哈腰
给侵略者带路，追杀自己的兄弟姐妹
他们的脸上，堆满卑贱的表情

八个女人走在那个寒冷的秋夜里
寒风扯动她们浸透草香的秀发
和补丁开成花朵的粗布衣襟
撩起一片飞扬的旗帜
噤若寒蝉的枯叶，瑟瑟拂过
在旗帜上，触到了火焰的质地
——她们脚下的林中小路
被一条泛着寒光的秋水
戛然阻断了……

5

那一夜，整个北方没有月亮
北方的月亮，在白天
和太阳一起，被一把滴着鲜血的东洋刀
劫持到一方尿布般的太阳旗上了

黑暗从四周涌来，寒冷从四周涌来
蝗飞而至的绿眼睛
从三个方向涌来，铁质的大雾
在头顶聚拢，覆盖

八个女人，把枪膛里的最后一粒子弹射出
用她们在中国丝绸上栽种鲜花的玉指
把枪体弄成一些零碎的废铁
面对从三个方向涌来的淫荡面孔
她们回头望了一下身后
那条寒如剑锋的秋水
脸上露出灿如冷月的笑容

八双素手，终于握紧了
上路前曾无数次磨砺过的
那柄隐形利刃

6

……月光于此时升起
八帧芳名如月
八张粉面如月
八双明眸如月
八具娇躯如月
八对蓄满生命浆汁的圣洁乳房如月
八轮皎月
跃入了乌斯浑河的激流
溅起一川冷艳烛天的月光

水做的女人，复归于水
乌斯浑河抱紧了她们
抑或，是她们的至爱至恨
化作了一条乌斯浑河

乌斯浑河如一条白皙丰润的玉臂
搂紧属于男人和儿子们的土地
乌斯浑河亦如一柄寒光四射的雌剑
逼住那群追击者的眼睛
切肤裂骨的冷意
一直深入到他们的魂魄

7

中国女人，如水
亦如花，连那些暴殄天物的坏家伙
也把中国女人叫做花姑娘
只是这个恰如其分的比喻
经过他们的嘴里出来
就带了一股雄性动物的淫荡气味

水是花的另一种开放方式
花和水，是同一种物质的两种形态
乌斯浑河亦是花族：
一株中国"水中名花"的旁枝

——向下伸出不远

归入大红大绿名冠华夏的牡丹江

八个女人，八缕花魂

沿乌斯浑河的茎脉顺流而下

汇进一川澎湃不息的国色天香

芬芳整片国土

8

……今夜，我以儿子、丈夫

军人和诗人四种身份

乘诗的翅膀飞临乌斯浑河

清冽的秋水和着澄澈的月光

向我扑面涌来

雪刃般刺目的冷肃中

温漉着圣洁的体香

和绚丽缤纷的青春落英

如玉，如雪，如雾

涣涣渺渺，泱泱浩浩

仿佛从另一个世界涌来

浸透我的肌骨，在我的体内四处弥漫

复又聚拢，凝聚成我的某一节椎骨

四周开满水，月光和花朵

我在铺天盖地的母性的月光里

拜谒一座静卧地表绵延千里硕大无朋素洁如玉

柔暖润心芳香浸骨美轮美奂的流体纪念碑
虔诚地献上一朵深秋的黑菊——
一顶用诗擎起的钢盔

然后，我在浑成一体的月光和秋水中
席地而坐，点燃一支中华牌香烟
等等宿鸟，在水畔的林梢
开放成无数会唱歌的蓓蕾

黎明，我将带上今夜的月光
水和花朵，备上足够的血
把所有的女人挡在身后
潜心于匍匐或奔突。此后的日子
我会从容镇静地在钢铁的花朵间疾行
在雷火的落英里小憩
即便在某一个早晨或夜晚
突然被死神看中，缠住
无论与她角斗或对弈
我都会坐怀不乱，沉静如水……

光荣与疼痛
——致冯思广[①]

你28岁走进一支英雄部队的英雄画廊
成为"铁拳精神"的一部分
我28岁离开那支长空劲旅
一介戎装书生，只带走了
一支老式英雄牌钢笔

今夜，我用它为你写一首长歌
涌上素笺上的不是墨迹
分明是天蓝色的眼泪……

1. 天门开

在故乡，每次抬头仰望
除了温暖夺目的太阳，你还注意到了
太阳的辽远背景：宝石蓝，拥有无限纵深
仿佛有着大海一样的浮力
从田野上起飞的各种鸟

---

① 冯思广，1982年出生于山东聊城，空军某部飞行员，2010年5月6日在飞行训练中，为捍卫人民群众生命和财产安全而牺牲，2011年荣获第三届全国道德模范（见义勇为）称号。

由一片田野到另一片田野

由一棵树到另一棵树

由河流或湖泊的此岸到彼岸

一条优美的弧线划过，

人的双脚难以丈量的距离

转瞬消失……

一种长出翅膀的愿望

在你的身体里呼啸，盘旋

炽烈而持久

最高的企望都有难度

理想也一样

你兴冲冲报名参加选飞

一个不太大的原因

后面跟着一个很大的后果

兴奋变成了沮丧

一个高中毕业生想飞的愿望

尚未离地，翅膀被迫收拢

退而求其次，知识也是翅膀

优异的学习成绩把你送进大学课堂

做家教，送牛奶，参加商品促销

举债求学……寒门里走出的大学本科生

又一次仰望天空，追风逐电的梦想

二次起飞——精诚所致，天门为你洞开

A. 三维的祖国

穿上空军蓝，天空变成了"领空"
一字之差，头顶上的空气
改变了性质。一个字的置换
使得平面地理有了庄严的广延
你内心的祖国是三维的

气动型的青春，双学士
生着后掠翼，后来升级为三角翼
步幅用千米计，以 1 马赫以上的速度
凌空奔跑。放下骄傲，自命不凡
低调，偶尔小声哼唱男子汉去飞行
值守最高处的祖国边疆
你知道仅靠高调不能称职
最重要的，是熟练掌握必杀计
——高空猛禽的制胜一击

2. 天大还是地大

童年，你是不是和小伙伴
讨论过一个问题——
你问天大还是地大
对方说地大，天掉不下来
是因为有地撑着
你说不对，天比地大
天盖着地，就像家家都有的屋顶

之后你长久地凝望头顶的天空
越看越觉得像屋顶
庇护着一家人、一村人、全国人

——那时你还没读过
"天似穹庐，笼盖四野"

3．太阳的本质和影响

童年，你无数次看见
高处的太阳，从皮肤到骨头
太阳让你感到透彻的温暖
在穷困年代的穷困乡村
太阳是老人和孩子过冬的棉衣
这是人人都知道的

人们不知道，或者没注意到的
你注意到了：太阳的照耀
并不针对一个人、几个人、一群人
庄稼、草木、牲畜、蜜蜂与蝴蝶
也都在被温暖的范围内
你发现了太阳的特点——
把光和热分发给人间万物
并不从人间拿走什么

小小的年纪小小的手
抓住了太阳的本质
太阳对你构成了影响

B. 幸运与感激

单一的原因不足以使一棵树开花结果
怀抱根系的泥土，养分和水
光合作用……一棵树在复合原因推动下
把心灵的芳香举向空中

我想说的是，你是不是
无数次感激命运的垂顾？
共和国空中力量的组成部分
击落击伤 76 架敌机的云端劲旅
英雄画廊里英雄如云
你有幸加入其中，成为长空铁拳的
一个有机单元，光荣旗帜上
一根呼啸的纤维
钢铁鹰群中的一只猛禽
你是不是无数次感到幸运
无数次对命运充满感激？

一道传统的英雄血脉流经你的身体
使你获得了英雄基因

"我分享过，拿走过的光荣
我必加倍奉还和赠予。"
——你是否有过这样的暗想？

4. 关于表达

冯思广同学性格内向
不太善于表达
见证了你大学时代的人这样评价

他们说得没错，也没全对
你只是不喜欢意义不大的口头言说
而更善于用行为说话
比如无课的时间里，同学结伴
出去参加必要的和不必要的各种活动
你不去，独自留在宿舍啃书本
每次大家口干舌燥地回来
发现各自的杯子一律善解人意
里面斟满冷好的开水

经常挂在嘴上的爱
都不是最深的

C. 诗人

你擅长真正的心灵陈述

据说你曾写过诗歌

内容和飞翔与爱有关

我没读到，但一点也不怀疑

在国土的第三维度，你和你的飞行战友

人人都是抒情诗人，爱国者和浪漫派

尽管你们中的大多数人

飞翔于内心的诗句

并未在稿笺或报刊上降落

但并不影响你们把一缕霞，一朵云

一只鸟，一弯月，一颗星

都读成亲爱的祖国

更多的时候，你们用行为写诗

一条航迹，一段尾烟，一个起落

甚至一次地面试车，是不是宏大的抒情？

哪一个以写分行文字为业的人

把自命不凡的作品和你们的诗作放在一起

能保持心地坦然，面无愧色？

我一点也不怀疑你是诗人

你是否写过或内心闪现过下列诗句——

　"我爱着，不为什么

我的爱一天比一天辽阔
九百六十万平方公里面积之外
还有向上的无限维度……"

5. 紧紧拉着土地的手

你裤脚上的泥巴多么招眼
在冯营村通往汽车站的乡路上
被谙熟农业的村干部一眼认了出来
你说探亲假满了，归队
"从庄稼地里……直接归队？"

庄稼地里的新鲜泥巴
和你如此亲密
它们搭乘你的裤脚从田野里起飞
仿佛绣在蓝地儿上的金色小花

不向包括自己在内的任何人炫耀
乡亲们眼中的蓝天骄子
疼爹疼娘疼庄稼
紧紧拉着土地的手

——这是去年还是前年的事情？
——永远的情事？

D. 加速与减速

……你决定追赶
追赶必须加速

两次病痛没能锁住你的翅膀
却对你的改装飞行速度构成了阻滞
改装是战斗力升级，必须加速

改装飞行加速，婚事必须减速
那个和你彼此深爱的美丽女子
上个年度，法律已允许她做你的妻子
一桩美满姻缘和爱情圣殿之间
只隔着一个庄严幸福的典礼
同一个时间节点，一个飞行员
不能同时飞两个空域

婚礼延缓、推迟，没有人能够预知
慢下来的爱情，会成为最痛的美
最美的痛

6. 性本善

缺少帮手，自己提不动水桶
同村那位异姓老奶奶
家里水缸总是满的

你的力气和年龄一样小
体重小于一桶水
你上小学，知道一加一大于一
你和比你大不了多少的姐姐
联合作战，保证了
不沾亲不带故的同村老奶奶
家里的水缸常年不空

水和血，对生命有着同等重要的意义
每次用水，老奶奶都从盈盈水面上
看到一颗小小的太阳
小小的热力和光辉

善是最高的理念，知识和真理的本质
如同太阳永恒的温暖与照耀
小学生，你不可能知道苏格拉底
和柏拉图等唯心主义哲学大师
在潜意识中的理想主义基础上
关于本原、存在等的探求与认识
也不可能知道仁者爱人
老吾老幼吾幼的华夏先贤教诲
你的行为，为什么和他们的思想
保持了惊人的一致？

E. 我想对你说

——那偶然的黑色一刻来临
你和你的改装教员心有灵犀
同时做出了必然选择
一片有可能受惊甚至被灼伤的温馨灯火
因此保持了一如既往的祥和与宁静

……那是居民区
也是扩大化了的故乡村舍
……那是灯火，也是人民
是你生命中至高无上的部分

庆幸，你的改装教员伤势不算太重
疼痛，你才 28 岁，是一生
也是永生

我想对你说，长翅膀的未必都是天使
折断翅膀的鹰，永远属于天空
我确信你仍在高邈无垠的蓝天上飞
这和我的唯物主义哲学立场无关
我确信 5 月 6 日晚上那道向下的弧线
不是坠落，而是一次壮丽的升腾
你是鹰，翅族中的王者
如今我们看不见你，是因为我们的眼睛

和天空之间，依然横着盛大的泪水

我想对你说，我不是飞行员
但我的诗歌翅膀会在蓝天上和你一起飞
那么多忠勇无畏的共和国之鹰
飞在辽阔的蓝色纵深里
天与地，普通人眼里的无限疏离
因为中间有那么多呼啸的钢铁骨骼
两个相距遥远的概念
拥有了稳定的内部结构

碑 语

1

你说我是一柱碑
是你落地后
又站起来的
一行泪

这凝重滚烫的伤悼和纪念
这高耸坚挺的盛誉和命名
我不胜感激
却有点承受不起

2

怀着树的愿望
绿你的山坡
被黑暗深处的雪刃伐倒
是意料中的事情

我被肢解
被剔光血肉

只剩下这段椎骨
站在你春天的门前
髓管里爆满你的阳光
大雪和梅花

3

能把我当成你护院的一根篱桩吗

让我身上镶满藤花覆盖的牙齿
暗中守护你芬芳如蕊的日子
让我睁开一千只红花的眼睛
尽收你旭光中临妆的倩影
和夕照里浣纱的美姿
让我竖起一千只绿叶的耳朵
倾听你在月光之夜
发出的比月光更纯洁的鼾声
以及比你的鼾声更深的
甜蜜与忧伤

4

你说我是一柱碑

石化的骨头
内心有血
血使石头变热

血拍打着石头
在人群中走动
穿过人群
也被人群穿过

5

以碑的姿势站久了
才体味到：死是对生
至高无上的提升

树的愿望
能让一些美丽的躯体
无须死
灵魂也能得到提升吗

6

……但我无悔

哪怕只让一个男儿的热血升温
哪怕只让一位少女的美眸盈泪
比作为肉体，走动一千年
还让我欣慰

7

你说我是一柱碑
这青铜般的赞美
这青史般的铭记
我不胜感激
却真的有点承受不起

我更愿意把自己
看成一株钢蓝色的谷穗
如一枚朴素的胸针
插在你飘逸的衣襟上
上面结满阳光籽粒
内心噙着血凝的幸福朱砂……

魂诉

1

我从温热的庄稼根须上
仿佛嗅到你金色田野的芳香
我透过赭红色柔暖的泥土
依稀看到你金辉笼罩的山冈
呵，又是枫红菊黄的十月了
秋风拍醒我沉睡的声带
我缄默的歌声在泥土中悄然流淌

2

……当青春梦幻般降临
应一种不可抗拒的召唤
我走向你苦难的前沿
站到一位佩剑魔女的身旁
为了终结你的苦难
祖国呵，我别无选择
我只能把自己抵押给她
随时准备陈尸于她的剑下
用血肉缀补你身上的创伤

3

我随她在雷火中行进

我的心里居住的却始终是你

我是你风雪中的极地之树

树冠上飞扬着铁质的叶子

年轮里哗响着风暴和阳光

我为你而青青翠翠

犹如一顶忠诚的伞篷

为你遮挡嗜血的钢铁飞蝗

4

用我的血液捍卫你的血液

用我的青春抗拒你的严冬

你的春天在我的血液中爆响

血是我的兵器

也是我的酒

我以胸腔作杯

斟满自己的血浆

一边在铁血沙场豪饮

一边期待

我和你的苦难一同消亡

5

献出最后一滴生命的水
交给玫瑰和霞光
我的白桦树般健美的躯体
被倏然腰斩
比闪电更迅捷
比雷霆更响亮
我星光盈动的眸子熄灭的一瞬间
我看见你从十月的第一个黎明中站起
你的娇姿倩影胜过晨露托起的朝阳

我为你幸福得流泪
我还能为你做些什么？
我只能把自己的肌肤投进风雨
熬成唇膏或粉霜
装进一枚枚心形的化妆盒
放在融雪后的大地上
等待春风的手指
为你打开无边的绚丽与芬芳
我充盈着白玉资质的骨殖
化作泥土和道路
托起你花瓣一样的脚掌

6

作为物质的血肉之躯

我已从物质世界消失

时间再也无法追杀我的青春

我庆幸我的离去

使我永远不可能背叛你

就像永远不可能背叛我的生母

我已把自己彻底交给了你

一如消失于白昼的晨星

隐入朝霞的光芒

7

我被岁月的风雪掩埋

渐次沉入泥土，栖身于

阳光和雨水无法抵达的地方

我的灵魂在黑暗中安眠

犹如花瓣包裹的婴孩

我沉沉地睡着

仿佛惊蛰的雷声

也无法将我拍醒

无法让我发出一丝声响

其实我一直闭目假寐

我不想让你知道

我一直在自下而上地为你祝祷

为你祈求强盛与安康

我一直在大地深处闭目缄口
但每当十月的金风抚响江河的琴弦
我便无法抑制歌唱的欲望
如今又逢十月，我实在想象不出
你的 52 华诞庆典该是何等辉煌
我没有理由不为你的十月歌唱
我的歌声是舞蹈于岩石中的火焰
是闪烁于地心的煜煜星斗
我滴血的声带，在深深的地心
花蕾般为你的金色十月开放

8

在我头顶，千里之外的地表
金谷银棉，爱情和阳光
正被秋风摇曳成甜蜜烂漫的波涛
覆盖你的千里沃野和万仞山冈
人们听不到我的歌声
但我深信，那些激情迸射的幸福风光
都和我的永远离去存在某种联系
一如果实和落英，庄稼和土壤

祖国呵——
我为我栖身并歌唱的位置自豪

我将继续下沉

被时间埋得更深

而我对你的爱也将愈加深切

直到被地火冶炼成煤

等待被挖掘出来

填进你冬天的灶膛……

祭父辞（小叙事诗）

父亲没有这种福气

或石材，或木质
胸前抱一个不老的名字
每个到地下享福的老人
即使生前一贫如洗
坟前也有块墓碑站立
像个孝顺懂礼的晚辈
月光下陪老人说话
晨晖中陪老人下棋

我的父亲没有这种福气
父亲，你的坟前
大多数时间里
都空着一块墓碑的位置
只有儿子来看你时
过路人从远处望过来
像是竖着一块碑石
走近后才看清楚
是一行凝固的冷泪
在坟前站得笔直

父亲的肺是个弹仓

父亲的肺像个饱满的弹仓
咳嗽声子弹般连发射击
简陋的家具吓得战战兢兢
四壁簌簌地掉着墙皮
而我们的母亲
成了中弹最多的靶子

我从军离家前，父亲
已经压了半年炕席
原本就不高大的身体
被轻飘飘的炕席托在手上
像长白山中一片轻飘飘的黄叶
晃动在飒飒秋风里
更像父亲被一生风雨
压扁的他自己的影子

都说养儿为了得济
父亲，你的儿子们
都是长出羽毛的鸟
在"广阔天地"里飞来飞去
汗珠子种进冻土里
要到年底才能兑回几张纸币
儿子们偶尔飞进家门
孝敬你的也只有叹息

我不忍心给父亲致命一击

多年后我一直谴责自己
是个不折不扣的不孝之子

我报名从军是一次秘密行为
重病的父亲被我蒙在鼓里
我怕父亲用他那所剩无几的生命
用他那日渐黯淡的绝望眼神
撕毁我尚未穿到身上的征衣
还有，珍宝岛战火刚熄不久
乌苏里江两岸仍风声鹤唳
距我们家不远的小城
数月前刚刚隆重地接回了
一位躺在骨灰盒里的烈士
所以我只告诉了母亲
让她对父亲封锁消息

初检合格，复检过关
通知书就装在我的衣兜里
我必须向父亲坦白
否则就是更大的叛逆
我知道这对父亲是何等残忍
我不忍心给父亲致命一击

我向父亲甩出一把刀子

父亲，我的病重的父亲
身体躺着，可我知道
你的灵魂依然站立
只不过那是一株秋后衰草
一阵微风就能连根拔起

那片风中的叶子更轻了
那片被压扁的影子更薄了
父亲肺里的子弹
喷射得却更加密集
我不敢保证那不是最后一批子弹
说不定什么时候，父亲
就会突然哑火，停止射击

但是我必须向父亲坦白
否则就是罪大恶极
我将远行的消息是把刀子
我狠下心把它向父亲掷去
父亲平静得让我吃惊
父亲的平静太深
刀子像落进无底的湖水
没有激起一丝涟漪
在两次射击的间隙

177

父亲说："身子骨虽然不壮，
可我知道验上兵没有问题，
儿子是给国家养的，
给国家干点事，
自己也能有点出息，
你放心去吧，去……"
父亲想做个"去"的手势
胳膊却正蓄谋背叛
动了一下，没有抬起

父亲在城墙上砌进一个儿子

父亲的平静源于母亲
母亲觉得事关重大
早已背着我向父亲泄密
重病的父亲呵
你竟选择了佯装不知

从小到大我没见过父亲流泪
此刻，父亲深陷的眼窝
仍像久旱无雨的盆地
父亲的平静源自早有准备的绝望
父亲用他的绝望成全了儿子
人生的第一次独立意志
父亲的平静也成了他
掷进我心口的刀子

我忍住巨痛没有流泪
我知道父亲自己不流泪
也最忌讳从儿子眼里看到泪滴

父亲和我长久地对视
父子俩用长久的对视
完成了一个庄严的永诀仪式
（我和父亲心照不宣
都知道那就是永诀呵
只是谁也不想捅破中间那层纸）

那个冬天的大雪铺天盖地
在我心里排开无边的岩石
我背起父亲的绝望
毅然转身走进大雪深处
我估计很有可能
由于我的这次转身
父亲会提前对这个世界
突然转过脸去

父亲只认识很少汉字
大多汉字与他素不相识
父亲的嘴里只喷射咳嗽
喷射不出有分量的大道理
父亲，我的干过木工的父亲
此时又改行当起瓦工

用自己心甘情愿的绝望
在国家的城墙上
砌进一个自己的儿子

那六块钱我没寄给父亲

军列拉着我穿过白天黑夜
一下把父亲甩出了三千多里

我开始害怕一种纸条
害怕传送那种纸条的邮电局
害怕在不确定的某一刻
那种纸条会落到我手上
那才是真正的刀子呵
我天天在心里祈祷：
千万别让我面前出现绿衣信使
行行好吧，万能的老天爷……

第一个月的津贴发下来了
是六张面值一元的纸币
我像掂着一锭沉甸甸的金子
想寄给父亲，买点营养
给他的弹仓做点补给
又想起父亲临别时的话语：
为国家做点事
自己也能有点出息……

就把那六元钱送进书店
营养了贫弱的我自己

父亲终于弹尽倒地

我寄回家的信全都泥牛入海
两个月没有家里任何消息
一只不祥的黑鹰在头顶盘旋
我估计上天收下好话后
随后就收回了手臂

拆开一封远房同宗的来信
里面果然掉出了锋利的刀子：
我离开家乡的第二周
我的父亲弹尽倒地
母亲和哥哥怕影响我的训练
就没去邮电局
另外，不把噩耗告诉我
也是父亲倒下前的希翼……

父亲倒下了，我没倒下
我带着扎在心口上的刀子
挺立在新兵连的队列里
连长排长班长一无所知

那把锋利的刀子
也没能扎出的泪水呵
我知道只有这样
九泉下的父亲才会满意

在父亲坟前我没能跪下去

父亲的坟前没有墓碑
只有四周的落叶松拱手肃立

我第一次回去看望父亲时
父亲已在那片向阳的山坡上
安睡了一百二十个节气
父亲，你转过脸去整整五年了
我才第一次来看你
我想拉一下你的手
却被厚厚的黄土制止

站在父亲的坟前
我依然没有流泪
我让泪水掉转方向
返回悲伤的血液

父亲坟前芳草萋萋
一蓬无名黄花开在坟顶

像一顶倒扣的灿烂帽子
弟弟在草丛里廓出一小片空地
摆上随身带来的献祭
然后虔诚地跪下
用眼神示意我也双膝跪地
我却一直呆若木鸡
双膝一直没能跪下去
我的身躯恍若变成岩石
脑袋像掏尽内容的瓜皮

返身回家的路上
我想向弟弟做点解释
鼻腔发热，喉头颤栗
嘴巴却起了叛逆……

父亲的坟前没有墓碑
那天一下耸起过两座
虽不高大　却也直立着的
血肉之躯

我是父亲走动的墓碑

父亲，我的父亲
你和这个世界互相抛弃
转眼二十七年过去
年年清明，来看你的

183

都是我的哥哥弟弟
我来看你的总数
不会超过六次
我还在国家的城墙上
虽不敢说是块最好的城砖
也算是颗坚硬石子
父亲，你一定不会
怪罪自己的儿子

父亲，你的坟前没有墓碑
我的心头却钉着一根
比墓碑更大的楔子
愧疚刀劈斧削
疼痛锥心刺骨
比墓碑埋得更深
让我耗尽一生力气
也无法拔起

父亲，你的坟前没有墓碑
我在你安睡之处的远方
迈着碑一样沉重的步履
我只能让悲伤回流
从眼底流回心头
从心头流回脚底
从脚底流进土地
土地相连，土地走动

父亲呵，我就是你走动的碑石：

一行凝固的冷泪

站立，并且走动

怀里抱着你的名字……

新颖的当代军旅诗篇

吴开晋

　　随着朦胧诗、新生代诗和西部边塞诗的兴起，当代军旅诗在上世纪八九十年代也曾以强劲的势头兴起于诗坛。但到上世纪末，在新诗陷入低谷时，军旅诗也似乎缺少了锐气，一些成名的诗人笔耕少了，引起人们关注的诗篇也不多了。不过有志的军旅诗人并未辍笔，他们仍在诗苑里辛勤地劳作着，空军诗人朱建信就是其中一位。朱建信沉潜内敛，为人为文为诗均持低调，不张扬，不炒作，不凑热闹，不拜评论家，更不举着所谓的什么旗帜到处乱跑，始终保持淡泊平静的姿态。这就注定他是沉寂的，不过他近年的诗作的确令人眼前一亮：作品以新颖的艺术视角，展现了当代军人的灵魂，尽抒了他们的爱国主义情怀，从不同角度透射出他们多色的审美情趣，可以说是对当代军旅诗的新拓展。

　　朱建信的诗给人印象最深的是以强烈的生命体验，展示了当代军人的壮美灵魂。也就是说，它并不像以前的军旅诗那样在较浅的层面上抒写军人的爱国主义和乐观主义精神，而是以崭新的角度，写出他们的心灵感应和豪放气质，写他们的爱和恨、痛苦与欢乐，给人以鲜活的立体感。如《碑语》，是以第一人称写一柱碑对所爱的人之自白，表面上看抒情对象可能是一位少女，实际上则是军人对祖国、土地和人民的真情宣告。"你说我是一柱碑／是你落地后／又站起来的／一行泪"，一开始就以撼动人心的感情吸引了读者。即使是一根被雪刃伐倒的树桩，也要护卫它所爱的人："我被肢解／被剔光血肉／只剩下这截椎骨／站在你春天的门前／髓管里爆满阳光／大雪和梅花"，这正是一位坚贞地守卫着祖国大地的军人形象。而诗中这样的句子："以碑的姿势站久了／才体味到／死是对生／至高无上的提升"，又体现了当代军人的生死观，是他们能够无畏地对待生死的内在动因。再如《魂诉》，也不是泛泛地倾诉热爱之情，而是表达了要用自己的血液和灵魂为祖国献身的愿望，如其中这样豪迈的句子："用我的血液捍卫你的血液／用我的青春拒绝你的严冬／你的春天在我的血液中爆响／／血是我的兵器／也是我的酒／我以胸腔作杯／斟满自己的血浆／一边在铁血沙场豪饮／一边期待／我和你的苦难一同消亡"，诗句不仅感情浓烈，而且铿锵有力，豪迈大气。以上是较长的抒情诗，诗人的笔已经放开抒情，给人以酣畅淋漓的抒情美；而有些较小的短诗，虽然不能尽情抒发胸中之情，但却以概括简洁的笔法，以类似格言般的语言写出了军人对土地和人民的爱，读来也很感人。

诗人对军人心灵的展示是多方位多视角的，除了上述直抒胸臆的诗作外，还以敏锐的眼光，捕捉到了军营生活的方方面面，写出了生气勃勃的现代军营的面貌和精神。他写新兵连，则把它比喻成一个钢铁车间，新兵是钢坯，严冬的十二月和零下四十度的气温则是气锤，要把新兵的新鲜血肉"锻打成足以摧毁悬崖和钢铁的物质／作为骨骼，嵌进大地身体"，不仅比喻新颖，而且富有阳刚之气；他写连队对军人的改造，又以叙事的笔法写了《被一支枪修改》，内中写了一位战士从参军到复员的成长，被枪修改的结果是："刺刀可以断裂／但是不能变弯／弹道允许下落／却不能屈膝"，直到复员仍"带走了枪的影子"。他写老兵，又充满了幽默感和情趣：他站岗时不仅像"星光下发现一根下雨的界桩"，而且和姑娘在联欢会上跳舞时，等于给人家上军训课："慢三正步，快四跑步／搭在我肩上的不是一条手臂／是一杆好枪"，让人忍俊不禁。即使是除夕夜吃饺子，秋野收庄稼，也都蕴含着一种乐观的情趣美。这一切，如果没有丰厚的军营生活积累是写不出来的，作者不是照模生活，而是经过心灵的发酵，加入想象的酒曲，才酿造出了诗的美酒。

朱建信诗作的新颖之处还在于，以独特的意象选择，创造出了多彩的艺术世界。描绘当代军人的心灵和品格以及军营丰富的生活景象，不能靠说教，依靠单纯的直抒胸怀或摹写事物的外部特征是远远不够的，那是上世纪六七十年代军旅诗的水平。在现代高科技发展的今天，面对军事现代化及军人生活的复杂多变，诗人必须采用崭新的艺术手段。朱建信深知此道，所以他广为吸收现代诗的表现手法，调动自己丰富的想象力，在军旅诗中为人们打开了一片新的天地。除了前面提到的一些诗作外，还有不少作品以精巧的构思，创造了风韵各异的意象。描写军营日常生活的《把那幅画挂起来》，本来是写在房间用粗壮的图钉挂一幅水墨画，作者却运用巧思，描写成把自己也当作青铜一样坚硬的图钉揳进那青铜一样的墙壁，而且还要把血肉、骨头和灵魂揳进去，揳进"钉子般的军营"；军营也是"钉子"，钉牢一幅水墨雄鸡图——黎明的中国版图。这一组组意象是他人不曾用过的，新鲜而独特。又如《女娲的手迹》，作者把长江黄河比喻为女娲夜间用血写的两笔草书，真是"异想天开"，创造出了带有浓郁东方文化色彩的大意象。朱建信的一些小诗，也因具有不同色调的意象给人以新奇感。他写士兵："一个士兵走着走着／停住／耸成界碑"，用暗比揭示了军人的忠诚、壮烈和高度的职业危险性，内涵丰富，意象富于动感。他写小女兵："梦里长叶／醒着开花／／

189

用眼睛唱歌 / 用歌声擦枪"，简洁而富有浪漫色彩的意象群，展现了小女兵天真活泼又刚勇乐观的飒爽英姿。

特别值得一提的是《海峡》一诗，短短六行诗中具有无限的内在张力："一峡泪 / 载不动半个多世纪的痛 // 祖国呵，把我填进去吧 / 把我缝进去吧 / 只要能弥合你心上 / 这道渗血的伤口。"诗人以海峡泪抒发军人因祖国尚未统一留在内心的伤痛，又把海峡目前的状况喻为祖国心头的一道伤口，并要以自己的身躯去缝合它，不仅想象奇特，而且带有撼人心魄的悲壮色彩，意象宏大而新颖，是诗人心灵中绽开的艺术花朵。此外，诗人还有几首小叙事诗，尤其是为悼念父亲写的《冷泪如碑》，也达到了浓郁之情与多彩意象的结合，诗句感人，不再赘述。总之，我从朱建信近年的诗中看到了当代军旅诗发展的希望，令人欣慰。当然，朱建信的诗中也有略显粗糙或构思不细的篇章，形式和语言上亦有尚需斟酌之处，盼望诗人精益求精，把军旅诗创作推上一个新台阶。

（原载《诗刊》2005 年 7 月号上半月刊"每月诗星"栏目。

作者为山东大学教授，著名诗歌评论家）

"七月诗星"如流火

——读《诗刊》七月（上半月）致诗人朱建信

张 庞

所同编辑并转延文副主任：

您好！

读七月号《诗刊》（上半月）"诗星"朱建信其诗其人，令人心动。作为军旅诗人，他以强烈的生命体验，独特的意象选择，敏锐的现代眼光，以及质感的诗意语言，跻身《诗刊》星座，当之无愧。

当前，军旅诗歌在诗歌的批判精神和形式创造两个方面，还缺乏更多的风格鲜明的流派或群体，在年轻诗丛还尚未托举起能独树一帜或独领风骚的代表性人物。作为诗歌顶级大刊，时时关注军旅方阵，在拥有橄榄绿的同时，也将使本身的色彩更加斑斓。其实，星之灿烂，与众不同，至少让人感受光芒和亮点，给人以不寻常的注目和向往。这才是诗星的神圣与评选的意义。这里，有诗为证：

> 星就是星
> 亮晶在夜空
> 它俯瞰大地微笑
> 它亲吻梦乡的睡虫
> 它问候倦意的泰山东海

它陪伴边陲警惕的哨兵
它环绕日月起舞
它送给人间柔水温情
假如夜空没有了似锦繁星
漆暗的苍穹刷黑着天下众生

星就是星
亮晶在诗中
他手持诗卷侧身走过战斗队形
他掌心腊燃灼一角"中军帐"明
他呼唤诗的"鲜血和骨头"①
他崇尚"跪着捧读传统"②
他肩上"耸立着江山"③
他心里供奉着"天下苍生"④
他期望"文字升起血液的温度"⑤
他在意尘埃飞舞的本身

星就是星
亮晶在心中
他戴着桂冠的背影
似七月流火
让人怦然心动
他坐标二〇〇五高程
一身戎装束着铁质血性
他以前行的姿势

---

①②③④⑤为朱建信语。

"收紧自己，等待某一重要时刻
突然释放"⑥

感谢编辑部又一次给读者和诗坛送来清新和希望。作为一个诗歌刊物，一年到头总让读者心里惦着，打开每期诗页，一股春风扑面而来，给人以质感、色彩和气息，这就够了。月积年累，坚持下去，就是诗性品牌的凝聚。

希望《诗刊》越办越好看。

班门弄斧，赘不多述。

遥祝

编安！

北京军区政治部 张庞

2005 年 7 月 17 日

（原载诗歌评论集《西山论剑》。作者为原北京军区政治部副主任，
著名将军诗人）

---

⑥ 朱建信诗。

独臂的拥抱

李松涛

此诗韵味绵长，比纯粹的抒情诗更有征服力，比精短的微型小说更有吸引力。

构思精巧，笔力醇厚，言不高声却雷鸣入耳。沉静如水的从容中，隐藏着作者山呼海啸的激情。一个千听百见的故事，一经作者诗化的匠心处理，便形成了特殊的冲击力与震撼力。为了搭救"和自己无关的少女"，失去了右臂的同时，失去了"和自己有关的漂亮女人"，而后又让"和自己无关的少女"持续无眠。从血肉横飞的拼死搏杀，到万籁俱寂的惊心叹惋，递进的起承转合中，剪裁得法，控制有度，矛盾合乎逻辑，人物边缘清晰。当看到"南风中消失的美丽背影"，我们就豁然明白了"他"的空袖筒何以"在南风里飘动"了，这精彩的一笔，揭示了"他"的痛点，也击中了读者的心弦。最后一段颇富人性的描述，又让人顿生浮想。事件冲突，导致感情冲突与心理冲突。道德之美，人性之思，诗中的四个人物，如同我等芸芸众生，各有各的痛。

当然，诗中那情节那细节构成的阅读线索，只是作者借以抒情的依托。《走失的剑》主体风格可概括为"明朗"二字，那是摇曳生姿的明朗，那是形神兼备的明朗。艺术上的才气，壮大了内容上的正气与豪气。朱建信的这首诗前，有一段可视为导读的题记："甜腻绵软的时代里／我最大的愿望是／让自己的诗长出血和骨头。"可见那血是殷殷热血，骨是铮铮铁骨。高明的作者把一只"走失的手"，伸进了我们的心窝，紧紧抓住了真正不可走失的良知。每一个春夜的回放与重温，让独臂英雄午夜无眠的是一种事涉世风的大痛。这首含蓄而别致的作品，其本质的声音是一种呼唤，呼唤风尚的回归，呼唤道德的重建。作者是认定"文章乃天下公器"的角色，他以真实、平易、传神的笔触，描绘了岁月流淌中的波澜。这些源自生活前沿或精神深处的报告，与时代同步，见证并注释了时代。

英雄之手——诗中之剑，不偏不倚地斩断了歹徒的丑恶行径，也有力地刺中了所有人的情怀。现实生活中，舍己救人、临危不惧、挺身而出——这些威风凛凛的词很少露面了。而卑琐、自保、让私欲膨胀、向罪恶低头，成了我们这个民族的顽症。环视众人，审视自己，拷问灵魂：我们会如何面对考验？人与生活未必情投意合，但必须生活得情真意切。

这就是一首二十余行的短诗给人的非凡感受，它让我们再一次认识了汉字的力量、艺术的能量。都说诗是长于抒情、短于叙事的形式，不错，但只要你有取长补短的功力，情况就别有洞天了，在此，有《走失的剑》为证。这首诗遣词造句，不以刻意的创新留痕，更多是以沉实的质朴取胜。讲究"劲儿"的也好，讲究"味儿"的也罢，他的诗一概行云流水，绝无阅读障碍。不故弄玄虚，不故作高深，是对读者的尊重，也是对艺术的尊重。在当下的诗坛，朱建信以诚挚的不俗劳绩，表明他是一位值得凝视的诗人。

应该说明，《走失的剑》虽被我拿来赏析，实是那男子汉壮怀激烈的气度打动了我。但需指出，它并不是朱建信最好的作品，视野辽阔的读者会注意到他结集或散发的若干佳什，领略他的奇思异想和精彩表达。我相信欣赏良知并拥有艺术品位的读者，会对这个"朱建信"永怀期待之心。

（原载《诗潮》2006 年 5—6 月号。作者为著名诗人）

解读一棵树

于 波

如果你想摆脱孤寂、郁闷乃至无助的境况，如果你想生活得高尚、素雅而又睿智一些，那么，你就常常去看看树吧，一棵树。没错，我说的是一棵树，一棵质朴无华的树，一棵与世无争的树，一棵从来不会伤害你而只是对你有益的树。近朱者赤，近树者寿。常伴大树生活的人，自然而然地神清气爽，志高趣雅，超凡脱俗。因此，一柳枝垂栽于净瓶，便挥洒普渡众生的大慈悲；一智者荫蔽于菩提，便生出万劫不灭的大觉悟。

可以毫不夸张地说，树是我们的朋友、亲人和师长，而以树为知己却不是每个人都能有的造化。你可以随时看到树，却不一定真正了解树，特别是我说的这棵树。这棵树，从头到脚、从里到外都生长着诗，甚至可以说，从心灵到枝叶都吟唱着真善美。以艺术的眼光来看，这是一棵越长越高的大树，采日月之精华，撷天地之灵气，断其一"肢"即可化作纸浆，印出一部诗集。这样的诗集，当然是树的骨头和血做成的。请入神谛听，书页的翻动恰如枝叶在絮语——

谁能欢迎鸟儿在自己头发里筑巢？／谁能用自己的手把花朵和暴力隔开？／谁能把随身携带的果子当成大家的，／只要肚子饿了，谁都可以拿走？／谁能在泥石流到来时，／充当家园的最后一个守护者，／不被活埋，就决不撤离？／谁能做到这些？／——只有树。／／谁敢单枪匹马和全世界的沙尘暴肉搏？／谁敢用身体描绘出台风的形状？／谁敢用头颅迎击炸雷和闪电？／谁能领着春天穿越烈焰滚滚的沙漠？／谁能保证：到一个陌生的地方立足，／就用骨头竖起一架梯子，／把阳光采摘到地上，／"把地下的水举上天空"？／谁能做到这些？／——只有树。（《谁能做到这些》）

诗人朱建信给树以如此口碑，自然是恰如其分。我说的这棵树，其实与诗人是浑然一体的。这么说，源自文如其人的本意，绝非阿谀奉承，好在他本人与权势无缘，又不拜金不行贿。那么，可否有炒作之嫌？窃以为，那还不如骂他呢。这年头，"要捧谁，就骂谁"——屁股是越打越红。因此，就诗论诗的我，也就没那么多的顾虑了。我与建信在"一口大锅里喝粥"，至今二十余年了，却从未为他写过只言片语。然而，心灵上的默契和交流久了，终归是一吐为快。

时下文不如其人、人不如其文者，可以说比比皆是。而我说的这棵树，这棵生长着诗的树，却从来是表里如一，不披任何伪装的。

这棵树坚忍不拔，矢志不移，其心也赤，其言也诚。从鸽子衔着橄榄枝飞向诺亚方舟的那一天起，人类就知道了树的颜色。绿，意味着和平、安宁、欣欣向荣。没有谁的一呼一吸能离开树，也没有谁不愿让树护卫他的家园。不论生长在哪里，或是移植到何方，树都会毫无怨言抱吻根须下的每一粒土。高原也好，荒漠也好，边关也好，大风口也好，树都能始终如一地履行自己的使命。你已经看见了，树是极其忠诚的卫士，硬是敢与沙尘暴、台风、炸雷和闪电搏斗。然而，树并不好战，即便在狂风中将自己的躯体弯成"危险姿势"，犹如一触即发的长弓，那也是不得已而为之。因其志向高远，自然离了尘嚣不染铜臭，也不惹美女失眠，更不想什么洛阳纸贵。惟其所愿，是自己心脏上的年轮，有一天坦然剖露在人们面前，只见"上面刻满年轻的诗句"（《上面刻着年轻的诗句》）；当树所有的火和磷以及高强度，炼就了一部带刺的丹书铁卷，那造纸厂后来可就真的要当心，这样的作品是不能回收的，因为你的胃（化浆池）会"突然被刺出血来"（《军旅诗人自白书》）。诚然，树也有缠绵和脆弱的时候，也会被温柔和美丽所诱惑，也担心山体滑坡时殃及自身。于是，树就"把爱收紧，只留下血和火"，"把骨头收紧，只留下铁和磷"，就像"收紧体内的狮子"（《收紧并且等待》）。正是为了不辱使命，树还在"身体里养着一个敌人"（《身体里养着一个敌人》），让他啃树的骨头，喝树的血，吃饱喝足再与树本身作对，以此磨砺着不屈不挠的意志，保持某种足够的警惕性。甚至近树者，也有了树的高贵品质，君不见那生于树根、鸣于树梢的一只蝉，断然"拆掉了秘藏体内的琴弦"，拒绝为严酷无情的秋风演奏，"为了让灵魂穿越冰雪，她把身体从高处摔在撒满霜粒的地上"（《一只蝉从树上坠落》）。

这棵树善良、宽容、悲悯，且颇有亲和力。防人之心，你用不着对树说。岂止人，树从来不与众生为敌（特异者除外），从来不会劫持谁、捕杀谁，也不会妨害谁、捉弄谁，甚至连一只小虫子也不吃，对一棵小草也要庇护着。鸟儿来筑巢，蜜蜂来采花，蜘蛛来撒网；蛇对树缠绵不已，熊在温暖的树洞里做它的美梦，即便是凶悍的豹子也寻求树的庇护。且问，树伤害过谁呢？除非你伐以斧斤，让树轰然倒下去，那时误伤了你，却不是树的本意。谁会存心与树作对呢？除了人，我再也想不出谁是有意伤害树的罪魁。雷霆吗？山火吗？它们暴怒，并不是由于树有什么错，树只是心甘情愿地做了替罪羊，恰恰因了树代人受过，才得以浴火涅槃、继而再生。狂风吗？暴雨吗？它们发威，也不是由于树妨碍了谁，树只是劝阻它们不要伤害无辜，一直到说得它们愧疚了，没脾气了，隐退了，树才从地上慢慢爬起来舔自己的伤，接着又要做风云与万物的调解人。树一旦高大健壮，拔地擎天，反倒有了性命之危，谁都知道这是为什么，树也知道。然而，树依然默默无言地挺立着，毫不畏惧地承受着。唉，树善良得令人心疼！譬如说，风与树是有过恩恩怨怨的，可是当风有了悲伤和委屈时，她"呜呜地哭着，满世界狂奔"，找不到一个安抚她的人，后来她抱住一棵树号啕起来，树就苦口婆心地劝慰她，而她却"不领情，和对方撕打了一阵"。于是，这棵好心的树，"头发被撕落了一地"（《风也有悲伤》）。树的宽容是不讲条件的，树的快乐也是因了别人快乐。因此，在草地上嬉戏的"一群花花绿绿的孩子"，被树视为"春天的糖果"，并且陶醉于"那么甜的笑声，被春风舔着"（《春天的糖果》）。

这棵树本色不移，眷恋乡土，陶醉于质朴无华的生活。想想看，有骄奢淫逸的人，可有生活糜烂的树？在十分舒适的环境中，树一定生活得很郁闷很委屈，因为无力长出坚韧而又伟岸的雄姿来。一棵完全人性化的树，一定是有血有肉有情感的，一定会在意念上超越某些平庸的人。因为这棵树的"爱过于辽阔"，从"故乡的伤"到"亲情织物"，从"夜过洛口"到涉足"壶口"，再逆黄河而上，直至"废弃的窑洞"，没有一处不是树所眷恋的地方。在陕北的塬上，树发出"路是盗版的命运"的感叹后，依然是豁达而又欣然地向前看。前边，"那个吼秦腔的人是一只正在爬坡的羊"，从特定的角度看上去，"更像是秦腔吼着他，要把他体内的力气都逼出来，帮着他往塬上爬"（《秦腔揪住我的耳朵不放》）。于是，树许许多多的耳朵，都被这尖锐、粗糙的秦腔揪住了。显然，树对黄土高原的爱是十分深沉的，并且渴望过着一种返璞归真的日子，过着与世无争的澹泊生活。树也有奇异多彩的梦，在梦中不仅浪漫地憧憬"唐人的月光、梨花和马"，而且朴实地化作一个庄稼汉，"选一片土质坚硬的陡坡，掘建一孔窑洞，住进去"。这孔窑洞，就好比"一件自制的土布衣服，冬暖夏凉，超厚、超宽、超大型"，可以与自己的婆姨合穿，"在衣服里吃饭、吵嘴、接吻，天黑后也不用脱下来，在里头睡觉、做娃……"（《废弃的窑洞》）我的天！这是什么样的日子哟。亚当和夏娃被逐出天堂之前，也不过如此生活吧。如果有谁要讥讽一下，且慢。因为此处憧憬的，呼唤的，不仅是极其朴实的乡土生活，更是某种美德的回归、人性的回归。

至此，笔者欲言又止，因为惟恐这样——赘述下去，会减少读者亲身去寻幽探秘的雅兴。朱建信以一棵树开篇的诗集，委实令人耳目一新，感悟匪浅。诸君一睹，便知此言不谬。

（原载《山东作家》2007 年第 2 期。作者为著名军旅作家）

给诗以温度和硬度

朱建信

我对"派别"、旗号之类一向兴味索然，不过偶尔也有管不住嘴巴的时候，在报纸副刊或与友人的通信、通话中，零星散布过几次所谓诗歌主张。好像还在一所军校的学术报告厅里有节制地放过几句厥词，总体意思是当下某些诗歌缺少鲜血和骨头。

我觉得有必要重新明确一下诗的底线（或叫基本标准）。提出这个话题要冒些风险，可能会遭到某些诗人的讥讽：诗是最个人化的艺术，而非具有数据指标的工件，何以存在底线？一首诗的长宽高各应是多少？

一穗谷子没有数据指标，有经验的老农放进手心一捻，拈一粒放嘴里一嚼、一品，立刻就会判定优劣。"诗是最美最善的思想在最善最美的时刻"，雪莱给诗的定义中已经为诗划出了底线，通俗的理解就是健康和美。阅读即审美，眼下的状况是：审美时常审出丑来。有的诗故弄玄虚、云遮雾罩。有的诗皮厚三尺，费半天劲剥开，里面却连一滴清露也没有。大量诗作看似一个美人，你想爱抚时发现没有一丝体温，华服内裹着一个空心塑料衣模。个别诗作，甚至就是无关痛痒的伤口展示。

诗人面临的艰巨工作，就是如何把语言变成贞女（克劳斯）。诗的美是通过语言来实现的，现在有些诗的语言不仅距离贞女甚远，甚至已经沦落为商女的虚假呻吟。面对读者的纷纷退场，一些诗人却往往归咎于社会原因和读者素质，很少面壁自省。让读者伤心的原因，是诗人捧出的文字里缺少血液和骨头。

诗是最能体现作者才华和创造力的文学样式，就创作本身而言，"个人化"这一概念并没有错。问题在于部分诗人假借"个人化"的名义，躲进远离现实、远离人民的洞穴里舔舐自己的伤口（伤口的真假也令人生疑），随后甩出一堆与大众生存状况和感情痛痒毫不相干的文字。诗的"人民性"正日渐丧失（又是一个可能遭到嘲弄的危险话题）。以我的理解，"人民性"和"个人化"并不矛盾。屈原的悲伤是天下知识分子的悲伤，李白的月光是天下离乡人的月光，杜甫的茅屋是天下寒士的茅屋，岑参的白雪是天下征人的白雪，李清照的眼泪是离乱年代天下淑女的眼泪。诗的美、诗的力量，越是个人的，越是天下的。

我们应该恭敬地捧读传统。谁也无法避开传统，想彻底颠覆传统另起炉灶，只能是提着自己的头发上天。看看"诺奖"获奖诗人，有几个人的得奖理由和继承、发扬了诗人祖国的文化传统无关！汉诗的优秀传统在新中国成立后曾一度发生严重畸变，留下的伤痛直到新时期到来才告结束。思想解放、价值取向多元是社会走向健康文明的标志，但价值多元并非无价值。把诗歌手稿放进抽屉以备自虞者除外，怀有发表目的的诗歌写作必须有所承载，诗人必须为土地和人民承担一个精神劳动者的责任和义务。诗人的血肉肩膀扛不起江山，但诗人的骨头里必须耸立着江山；诗人执笔的手不能给人民以稻蔬，但诗人的心里必须供奉着父母兄妹般的天下苍生。对土地充满感念、对百姓心怀悲悯，是一个真正的诗人必须具备的精神条件。在此前提下，方可论及艺术方法和诗质优劣。

雪莱墓碑上的铭文是"波西·雪莱——众人的心"，聂鲁达的诗里随处可见他"瘦长的祖国"，每块铜、每只蕃茄里都呼啸着智利的血。有几个当今中国诗人敢说雪莱不是诗人，敢说聂鲁达的文字不是诗？

　　就个人的阅读欣赏而言，我比较偏爱具有温度和硬度的诗作。温度和硬度其实是一个问题，有了温度才有硬度。一首诗哪怕只藏一滴泪水，也应具有诗人的体温，低于诗人体温的泪水必是假货，再逼真的假货也没有击打力量。一首诗即使只含一滴血，也应是滚烫的鲜血，内含骨头的硬度、火焰的品质和剑戟的锋芒。我自己写诗不多，在有限的写作实践中，我尽量选择明亮硬朗、富有力度和相对大气的意象，语言上绝不为读者设置障碍，力求用最直接的方式切入痛点，以期使文字升起血液的温度，呈现出骨头的资质。坚持这样的原则，倘若注定要对诗的含蓄特征和整体坚固程度造成伤害的话，我认为代价是值得的。一个人对某种信念的坚持，如同一粒尘埃的飞舞，意义不在于能否划出看得见的弧线，而在于对飞舞本身的坚持。

　　　　　　　（原载《诗刊》2005 年 7 月号上半月刊"每月诗星"栏目）

在眼窝里养鱼的诗
——读建信的几首短诗有感

袁忠岳

朱建信是军人也是诗人，兼有军人的刚强素质和诗人的浪漫个性。他的诗既具有阳刚之气，又饱含柔情之美，这大概也是他的诗集以《钢铁的血液或泪水》为题的原因吧。

诗人在广袤粗粝的青藏高原行走，透过坚硬苦涩的地壳表面，他抚摸到了深层的柔软。如《长眠者被格尔木抱着》一诗，诗题中的那个"抱"字，就是诗人在格尔木粗粝的皮肤上触摸到的深处那颗轻缓而深沉地搏动的心。其中蕴含的深情，分量有多重？读完全诗你才能知道。古老的格尔木原来是"一片严重盐碱化荒野"，是一群背井离乡"来自远方的人"在此安家，生儿育女，劳动开拓，才使它变成了美丽、年轻的城市。这一变化过程是极其漫长艰难困苦的。诗人用"弯腰挥臂"这个"一成不变的姿势"来概括他们多少年来日复一日的辛劳付出，一步步地"逼退盐碱"，长出"新树、新房、新楼"。诗人把这一众人一身的造型放大，让它与昆仑山、唐古拉山相比拟，甚至赋予它具象化的形象，"大锤是他们的拳头，钢钎、十字镐是他们的指甲、指头"。诗人的阳刚之气在诗里也发挥到了极至。他们曾是如此强大，如此不可一世，可总有身老体衰，"停止劳作"的一天。到那一天，他们安静地"走进墓园"。诗人的笔触仿佛也一下子平复下来，一连串用了4个"仿佛"来写这些曾经在这片土地上吃咤风云的英雄、开拓者，突然沉寂了下来。"仿佛根本不存在"，"仿佛没有来过格尔木"，甚至"仿佛不知道一直被越来越美的格尔木抱着"，格尔木怎能忘了这些异乡的本地人呐？是他们使得格尔木有了今天，格尔木将永久永远地抱着他们，不管他们知道，还是不知道。诗人到最后还是忍不住地忍着那一滴难以控制的泪滴，读者可忍不住了。

诗人很善于处理感情的跌宕起伏、流转变化，尤其善用反笔，如在这首诗中用"不知道"来表达"知道"。再如《这首诗不是我写的》，实际上他已经写了，以不写写之，其意在强调柴达木本身就是一首诗。记得王夫之曾这样评价《诗经》中的《采薇》一诗，"以乐景（杨柳依依）写哀（离家），以哀景（雨雪霏霏）写乐（归家），倍增其忧乐"。他说的就是反笔或反衬的效果。在《我可以带走什么》一诗中，诗人也是用的这个手法。明明知道什么也带不走，非要带，正好把德令哈的珍贵的美历数一遍。我们看诗：诗人来到德令哈，被广阔无垠的戈壁和草原迷住了。临走依依不舍，想留一物作纪念，不知留什么好。领走一只羔羊，草原舍不得。少了一颗砾石，戈壁会心疼。怎么办呢？忽然灵光突现，还是请托素湖送我一条最小最小的小鱼吧！让我可以放进眼窝里，用泪水来养着它。

什么是"诗眼"？这就是。诗情往往是层层推进的，到最后，达到绝顶，境界全出。这首诗就是这样。能在眼窝的泪水里养小鱼，可见鱼之小，窝之深，泪之多。我突然想起杜甫的"决眦入归鸟"句，都是用夸张的想象来形容眼睛：一个借用鸟，一个借用鱼；一个比喻泰山高，一个形容泪水深；一个绘之以景，一个蕴之以情，二者都是令人难忘的佳句！

2023 年 3 月 15 日

（作者为山东师范大学教授，著名诗歌评论家）